LE CHANT DU VOYAGE

DU MÊME AUTEUR

AUX ÉDITIONS JEAN-CLAUDE LATTÈS

Le Lama bleu (Prix Wizo)
Le Septième Ciel
L'Âge d'amour
Le Jacquiot
Café-crime
Marches et Rêves
Les Guérillons
Hôtel Sahara
Le Voleur de hasards
Celui qui croyait au ciel, celui qui n'y croyait pas
(avec Jean Guitton)
Le Dieu des papillons

AUX ÉDITIONS ROBERT LAFFONT

Le Têtard
La glace est rompue
Cuir de Russie
Les Transsibériennes
Tous les chemins mènent à soi
Rue des Mamours
La Baleine blanche
Fou de la marche
Nous une histoire d'amour

AUX ÉDITIONS JULLIARD

Le Rat d'Amérique
Un tyran sur le sable
Les Passagers du Sidi Brahim

AUX ÉDITIONS DENOËL

Qui vive !
Les Vangauguin
Mémoires d'un amnésique
Les Nouveaux Territoires

AUX ÉDITIONS FASQUELLE

« Viva Castro »

AUX ÉDITIONS DU CHÊNE

A l'altitude des dieux
Le désert d'où l'on ne revient jamais

AUX ÉDITIONS LIEU COMMUN

Unanimus

AUX ÉDITIONS PLON

La Horde d'or

AUX ÉDITIONS RAMSAY

Le Raja
Le Guide du flirt
Le Fils de l'Himalaya
La Mémoire des dieux

JACQUES LANZMANN

Le Chant du voyage

Plon

Plon, 1998.
ISBN 2-259-18854-0

A la vie.

A propos du voyage

A la question de savoir pourquoi j'ai voyagé si jeune et si tôt, je n'apporte pas de réponse précise. Plutôt des prétextes : un goût pour l'évasion, et même pour la disparition. Un désir d'aventures et de mésaventures. L'envie de me perdre pour mieux me retrouver. De souffrir pour mieux goûter à la vie. De partir sans idée de retour. Et par-dessus tout, une fringale d'espaces, un appétit sans pareil de terres inconnues qui me poussait à explorer la mappemonde autrement que du bout des doigts.

Bien des livres ont été comme des voiliers. Je me suis maintes fois embarqué à bord des pages pour toucher enfin dans quelque port lointain après force traversées incertaines et périlleuses.

J'avais si peu fréquenté l'école que la lecture était à la fois ma passion et ma torture. Ma passion parce qu'elle m'ouvrait les portes de la connaissance. Ma torture parce que je devais ânonner les mots, les assembler et les comprendre avant d'en tirer des leçons et des émotions.

C'est ainsi que j'ai commencé à marcher dans une forêt de bouquins, d'abord au pas à pas, ligne après ligne. Plus tard, j'ai rattrapé le temps et j'ai allongé mon pas jusqu'à devenir un sacré coureur de phrases.

A dix-sept ans, je ne choisissais pas et prenais les livres au hasard, comme ils venaient. Tout y passait : les classiques, les surréalistes, les poètes maudits, les auteurs à succès.

Mais de tous ces écrits, de tous ces chefs-d'œuvre, la Bible est, je pense, le roman de la vie qui m'a le plus touché, le plus choqué et le plus instruit. J'y ai côtoyé l'abominable et le merveilleux, les pires situations comme les plus heureuses. J'y ai bu le sang et le miel. J'ai haï les riches et les puissants. J'ai aimé les pauvres et admiré les prophètes. Leur courage, leur clairvoyance, leur combat contre l'injustice ont emballé l'adolescent que j'étais. Et c'est sans doute Elie, Isaïe, Jérémie, Amos, Ezéchiel, ces prophètes illuminés, qui m'ont conduit un jour sur les pistes caravanières du Néguev et du Sinaï dans les traces que laissaient les chenilles des chars israéliens.

Cinquante-quatre ans plus tard, à l'heure où j'écris ces lignes, la Bible n'est plus mon livre de référence. Il n'est donc pas sacrilège de dire qu'elle a été pour moi une sorte de *Guide du routard* avec ses commandements et ses recommandations, avec ses avertissements et ses invitations à découvrir les hommes.

Cinquante-quatre ans déjà que j'ai pris la route pour la première fois. J'étais sans argent, sans bagages, sans billet de retour. Je n'ai cependant jamais tendu la main pour mendier. En revanche, j'ai levé le poing pour faire front.

Aujourd'hui, j'aime à le croire, je n'ai pas changé.

Ce livre relate des histoires qui me sont arrivées. J'en suis donc le héros et l'auteur, un homme parmi les hommes, quelquefois un gentil parmi les méchants. D'autres fois un méchant parmi les gentils.

Si ce *Chant du voyage* laisse la parole aux récits, il fait aussi grand cas des chansons. Elles sont là pour rythmer les pages du livre, tout comme elles ont rythmé mes marches au mot à mot des pas. Ce sont les chansons de l'humeur, le reflet d'un instant, le refrain de la vie. Elles font partie du voyage.

1

La chanson de la route

La chanson de la route c'est toujours le même refrain sur un air de ne pas y toucher : quelque chose de discret, d'obsédant qui me donne le frisson. C'est que la route m'incite à la prendre. Elle me provoque, m'allume, me promet des extases. Et chaque fois c'est ainsi. Elle me raconte des horizons, elle me propose une aventure, elle me laisse entendre de singulières liaisons. La route est mon entremetteuse, ma sous-maîtresse. Elle est là, sans cesse à faire valoir les charmes de son tracé, la beauté de ses alentours et de ses contours. Mais la route est aussi ma maîtresse, celle qui distribue mes plaisirs à foison et mes souffrances à poison.

La route c'est parfois un long ruban de goudron qui va d'une province à l'autre. C'est quelquefois des sentiers de grande randonnée qui évitent les villes et s'étirent le long des champs pour pénétrer les forêts et serpenter dans les montagnes. La route ce n'est souvent qu'une piste, une griffure dans le désert.

Et bien des fois pour seule route, ma seule trace, l'unique empreinte de mes pas. Certes on ne marche pas de la même manière dans les dunes que sur le bitume, dans les steppes mongoles que sur les hauts plateaux andins ou tibétains. Le corps a ses raisons que la raison commande. Cependant il est intéressant de se montrer déraisonnable et de donner tort aux idées reçues. Il faut savoir maltraiter son corps pour mieux l'écouter ensuite, car à commencer par écouter son corps on risquerait bien de ne jamais l'entendre. Dans certaines épreuves de marche comme les « Cent kilomètres de Millau » où le mot « épreuve » prend alors tant de sens, il nous faut au contraire économiser les forces, faire ami ami avec le corps car celui-ci, d'heure en heure, peut devenir notre ennemi intime. Marteler la route pendant cent kilomètres exige une écoute absolue du moindre signe de faiblesse. Il en ira du cœur comme du pied, du ventre comme de la poitrine. On doit être à l'affût du mal pour le réduire aussitôt. Il suffit en effet d'une simple ampoule, d'un souffle un peu court, d'une crampe qui s'installe, d'une colique subite pour que tout le système se dérègle et affole le corps. Il sera nécessaire de neutraliser l'ampoule avant qu'elle ne devienne œuf, de réapprendre à inspirer sous peine de rendre le dernier soupir le long d'un accotement non stabilisé. De même, il nous faudra soigner les intestins martyrisés par les secousses, et tuer les loups qui viennent torturer les mollets et se suspendre en hurlant juste au-dessus des cuisses. Bref, pour parcourir à belle allure ces cent kilomètres, on aura à cœur de respecter notre corps durant les premiers soixante-dix kilomètres. Ensuite, de toute manière viendra l'agonie. Encore que celle-ci peut être vécue assez plaisamment si l'on est de la trempe des héros prêts à se surpasser, ou de la trempe des yogis capables d'oublier les mille douleurs qui n'en font plus qu'une seule. Il arrive un moment où l'on ne sait plus ni de quelle partie du corps, ni de quoi on souffre. On marche à la flamme, à la volonté suprême, on est tendu vers un seul but, entièrement obnubilé par sa réussite.

Réussir mon premier « Cent kilomètres de Millau », en seize heures quarante-trois, sans entraînement et sans assistance, m'a procuré une satisfaction inégalable. Recevoir le Goncourt n'aurait pas été plus grisant. L'idéal bien sûr c'est de marcher aussi bien en librairie que sur la route. Mais la route c'est aussi les grandes destinations, les grandes marches mythiques. Je suis allé, derrière Moïse, de Jérusalem au mont Sinaï. Derrière Bouddha, de Lhassa à Katmandou. Derrière Aurel Stein, à travers le Taklamakan. Derrière Mano Dayak, au cœur du Ténéré entre Fachi et Agadez. Bien des années auparavant j'étais parti à pied de Buenos Aires pour rejoindre une fille en Californie. Le corps dans tous ses états, j'avais avalé le Chaco paraguayen et pareillement le Mato Grosso brésilien avant de buter contre l'impossible. Certes, j'étais bien dans l'Amérique des Indiens, mais mon Amérique à moi, celle des blondes en jean, était encore bien trop loin, bien trop haut sur la carte. Là, j'avais failli rendre l'âme à force de vomir l'eau des fleuves. Il n'y a pas pire pour le corps que la dysenterie qui nous vide et nous coupe les jambes. Il faut alors se cacher dans quelque coin de jungle et attendre, pauvre bête malade, que ça passe ou que ça casse.

Depuis, j'ai fait des progrès. Je sais maîtriser les bons

esprits comme les démons. Si je me propulse encore au hasard, je me lance aussi des défis programmés. Je flèche mes parcours de bornes imaginaires pour mieux les éviter et goûter au plaisir de me perdre, au bonheur de me voir surgir tout à coup du néant. La route est alors comme une ligne de vie. Et je m'en vais vivre, quand mon propre corps est bourré jusqu'à la gueule de toxines accumulées durant des mois, à force d'être resté penché sur des feuilles toutes raturées. Tout un programme, et même tout un art que de savoir retraiter ce matériau nocif qui m'encombre pêle-mêle d'angoisse et de lipides, d'idées noires et de cholestérol. Tout un chemin pour s'en défaire. Tout un autre pour faire de ces déchets radio-inactifs des sortes de flambées énergétiques. Phénomène de thermodynamique, je deviens moi-même une locomotive lancée à toute vapeur de sueur sur mes rails désoxydés. Bien sûr, la machine déraille quelquefois, mais lorsqu'elle tient la route, quand les jambes se mettent à fonctionner comme des bielles, quand le cœur suit le rythme, quand la tête consume la moindre pensée pour se vider tout à fait, vient alors l'état de grâce. C'est que cette marche à la pression confine à la béatitude. Mieux, à l'ataxie. Ayant réussi à dépasser mon ombre, je n'ai plus qu'à me laisser porter par les fameuses poussées d'endorphine. A certains moments, quand la drogue est ainsi sécrétée, je suis comme séparé de moi-même, dédoublé. « Je hais l'autre », disait Rimbaud. Ici, le « je » marche derrière « l'autre ». Et « l'autre », devant, s'amuse à me faire croire qu'il pourrait se laisser rattraper. C'est l'instant de tous les instants, le point G du marcheur. On accède alors à un au-delà de l'effort. On est sourd aux alarmes, insensible à la douleur. Régénéré, mais à la frontière du clapotage. Le vrai danger est dans cet aveuglement. Le vrai danger n'est pas de dépasser ses limites, mais c'est de ne plus savoir où elles sont. D'ignorer le cœur qui lâche, la cheville qui brûle, la voûte plantaire qui éclate, l'élongation du muscle et l'hypoglycémie qui guette comme la hyène.

Bien entendu, cette marche sous tension se court-circuite d'elle-même. Lorsque le rythme électrisant est soutenu trop longtemps, les poussées d'adrénaline perdent leur pouvoir magique. Soudain on revient sur terre, on renoue avec la route. Le jus n'y est plus, le courant est coupé. C'est la panne : après l'alternatif, le continu, car il faut effectivement continuer. Pour moi, l'abandon est synonyme de peine de mort. Je préfère me condamner à la peine de vie. Faire avec cette carcasse que l'on a connue un moment invincible, et qui se rappelle tout à coup à soi. La dérive ! Le vrai combat commence là. Il s'appelle l'endurance. Il me faut non seulement lutter contre le terrain accidenté, éprouvant, mais encore contre cette satanée voix intérieure qui incite à jeter l'éponge. On entre alors dans une phase de résistance absolue, où tout est ennemi, où tout est traîtrise. Et de ce combat contre les kilomètres, de cette lutte au couteau survient encore la salvation, due à l'étrange plaisir de l'empoignade. Un sentiment mâtiné d'orgueil et d'héroïsme. Il arrive, ce plaisir, au plus bas du moral, au plus haut de la côte. Il est capable de me faire atteindre une sorte de point de non-retour au-delà duquel, miracle, les organes se taisent. Et continuer, toujours continuer. Retrouver la voie, l'élan, percer les mystères de la nuit. S'orienter à l'étoile, à l'instinct. Faire la part de l'ombre et du mensonge. Ne plus confondre buissons réels et fantômes imaginaires, pierres dressées et monstres du dedans. S'arrêter enfin à l'endroit décidé, à l'heure décisive. S'allonger sous la Voie lactée, derrière le rempart de son duvet. Contempler les myriades d'étoiles, les constellations d'un œil à demi fermé. Se laisser envahir par ses rêves d'Orient. Se réveiller fourbu, tout cassé, tout perdu. S'étirer. Goûter aux odeurs échappées de la terre. Renaître de ses limbes. Sentir que le corps répond. Lui parler, l'amadouer, l'encourager. Le nourrir, lui raconter des histoires. Et puis repartir. Reprendre la route, marcher ensemble, au corps à corps, longtemps, très longtemps, à plein temps. Parce que marcher, c'est aller au bout de soi-même tout en allant au bout du monde. Parce que marcher, c'est toujours revenir. De loin, même quand on est tout près. Parce que marcher, c'est partir. Parce que partir, ce n'est pas mourir un peu. Au contraire, partir, prendre la route, c'est vivre à fond. C'est se fondre dans le paysage. C'est traverser les apparences et s'habituer aux différences.

2

Ethiopie : « Tout doit disparaître »

J'avais dansé toute la nuit dans une boîte d'Addis-Abeba en tenant contre moi une petite princesse fragile, une sorte de poupée d'argile au souffle chaud qui me mettait l'incendie au ventre.

La veille, à moins que ce ne soit l'avant-veille ?, j'avais donné ma main à la mâchoire du lion. C'était une bête énorme et un rien fainéante qui impressionnait les étrangers reçus par l'empereur. On disait que le négus dissimulé derrière un moucharabieh observait ses visiteurs et jugeait ainsi de leur tempérament. Quand on ne faisait qu'effleurer les moustaches du félin, le maître des lieux annulait l'audience.

Quelques années plus tard les révolutionnaires ont mangé les lions de l'empereur. Ensuite, ils ont dévoré toute sa famille. Jusqu'à ma petite princesse qui n'entendra jamais plus la voix suave de Frank Sinatra siruper « Strangers in the night ».

La veille, à moins que ce ne soit l'avant-veille ?, ou même quelques jours plus tôt ?, j'étais dans l'Ethiopie noire. Celle des hommes aux lèvres épaisses et au nez épaté. Non loin de Gambella, au milieu de la rivière, un Blanc ensanglanté poussait des cris déchirants. Aux prises avec un crocodile il se débattait dans les flots rouges.

Sur la rive, impassible, une femme filmait. Une femme, la sienne. Elle restait sourde aux appels.

J'étais en compagnie d'Apté, le cousin de ma princesse. Nous avions sauté dans une pirogue pour voler au secours de l'homme. Le sauvetage ne fut pas facile. Trop de rapides, de remous.

La femme tenait un bon sujet et ne lâchait pas prise.

On lui ramena son mari mort. Il était encore tiède, presque chaud. Des lambeaux de chair pendaient de sa cuisse déchirée. Mais sous la cuisse, sous cette bouillie, il n'y avait plus de jambe.

La femme tournait en 8 millimètres. Elle changea de bobine et fit un long panoramique sur le corps mutilé.

Quand elle eut terminé le plan, elle demanda :

— Vous pourriez me ramener la jambe ?

Mais bien sûr madame. Y a qu'à demander. On est là pour ça. On va s'y employer...

La fille était aussi charmante que désarmante. Ni triste, ni gaie. Même pas chagrinée. Tout juste un peu préoccupée par ce membre qu'on ne lui avait pas rapporté. Cela faisait désordre.

Elle nous regardait de ses grands yeux clairs. Il n'y brillait aucune malice. C'était un bon regard de jeune femme. Le regard de quelqu'un qui prend la vie comme elle vient et qui fait les choses comme il faut.

Sur le coup, je me dis que j'aimerais bien lui faire l'amour. Elle sentait le patchouli. Cela changeait de l'odeur du sang frais.

On attendit la nuit. Nous étions trois dans la pirogue : le fusil, le harponneur et moi-même. Je maniais la lampe torche. J'éclairai les berges, le fouillis des recoins. J'explorai l'exubérance de la végétation.

De temps en temps deux yeux rouges nous mettaient l'incendie à la gâchette. On tirait juste au milieu des deux lueurs, en plein dans le noir.

Le quatrième saurien fut le bon. On traîna le croco sur une petite plage et on lui ouvrit le ventre. C'était rempli de cailloux, de galets. Et au milieu des pierres qui lestaient ou qui délestaient l'animal, on trouva la jambe du bonhomme. Elle était toute grêlée. Encore intacte, pas encore digérée.

On ôta la chaussure et la chaussette que l'on offrit au piroguier. Ça tombait bien. C'était le bon pied. Lui, personne ne l'avait filmé. Et son croco courait toujours dans quelque rue, dans quelque avenue sous forme de sac à main pour dames d'un certain âge.

On nettoya la jambe à grande eau et on alla la disposer comme il se doit. Là où elle manquait.

Le corps reposait sur une bâche dans l'atelier du menuisier. C'était le boxon, le foutoir. Il n'y avait plus de bois. Même plus de copeaux. Plus une seule planche. Plus un seul outil en état de marche. Jusqu'au patron qui boitait, lui aussi.

Assise dans un coin, la jeune femme nous regardait. Cette fois, elle semblait perdue. Plus de bobine, de chargeur, de batterie. Plus rien qu'un grand vide. Plus rien d'autre à faire que de laisser faire la vie. Celle-ci est riche en sujets de toutes sortes. Riche, très riche en drames, folies et passions. Riche aussi en faits divers, en disparitions et en liquidations.

Cette nuit-là, personne ne tourna notre histoire. Ça sentait pourtant bon la jungle et le patchouli. Bon la sueur aigre et les larmes salées. Et puis, il y eut les cris, le plaisir. Et tout à coup, peu après, il arriva comme une odeur de mauvaise conscience...

J'ai esquissé « Tout doit disparaître » en revenant d'Ethiopie. C'était en 1969. Dutronc n'en a pas voulu. Le texte aurait pu s'intituler : « Tout est sacrifié », « Soldes monstres » ou bien « Liquidation totale ! ». Des titres, des trucs de fripiers qu'il me semblait intéressant d'étendre à tout et à tous.

Depuis cette date, j'ai remanié les paroles une dizaine de fois. En voici la dernière mouture.

J'en suis encore à me demander quelles sont les correspondances, les affinités, les interférences entre ce texte de chanson et mon bref séjour en Abyssinie où la famine jusqu'alors endémique poussait une pointe. A vrai dire, il faudrait interroger le subconscient, comme un suspect, en lui braquant un projecteur dans la gueule.

Approchez, approchez.
Tout doit disparaître
On liquide la planète
Dépêchez, dépêchez.
On va refaire le monde
Y en aura pour tout l'monde.

Tout doit disparaître
Les violents, les violeurs

Les méchants, les malheurs
Les rampants, les remparts
Les bilans, les faire-part
Les canons, les non-non
Les sanctions, les sermons
Les espions et les pions.

Tout doit disparaître
Les chars d'assaut, les charlatans
Les vieux salauds, les sales boulots
Les peines de cœur, la peine de mort
Les crises de pleurs, et les remords.

Tout doit disparaître
Les tyrans, les tireurs
Les déments, les menteurs
Les branlants, les branleurs
Les banlieues, les bons Dieux
Les affreux, les odieux
Les enjeux, les en-joue
Les envieux, les jaloux.

Tout doit disparaître
Les faux-semblants, les faux-fuyants
Les faux jetons et les faux culs
Les va-t-en-guerre et les faux frères
Les interdits et les abus.

Approchez, approchez
Tout doit disparaître
On liquide la planète
Dépêchez, dépêchez.

On va refaire le monde
Y en aura pour tout l'monde.

Tout doit disparaître
La bombe H, et les lâches
La famine, et les mines
Les cravaches et les vaches
Le chômage, les otages
Les déprimes et les primes
Les péages, les sondages
Les massacres et les sacres.

Tout doit disparaître
Les chars d'assaut, les charlatans
Les vieux salauds, les sales boulots
Les peines de cœur, la peine de mort
Les crises de pleurs, et les remords.

Tout doit disparaître
Les envieux, les jaloux
Les enjeux, les en-joue
Les affreux, les odieux
Les banlieues, les bons Dieux
Les branlants, les branleurs
Les déments, les menteurs
Les tyrans, les tireurs.

3

Pérou : « Avant 2000 »

Je suis resté une semaine dans ce village dont le nom réel m'échappe. Un village du bout du monde où j'échouai après vingt jours de marche. On n'avait jamais vu un type dans mon genre. Ni de mon genre, ni d'un autre d'ailleurs. Aucun gringo n'était jamais venu se perdre dans le coin. Alors, méfiance ! On avançait les uns et les autres sur notre mémoire. Et du plus loin de cette mémoire j'étais quelque chose comme un envahisseur. Quelque chose comme le bourreau du soleil. Ma présence jetait une ombre terrible sur le village. Un village sans clocher, sans église. Un village de la nuit des temps. Cela faisait des jours et des jours que j'allais à sa rencontre. Et puis, soudain, un jour, le chemin s'arrêta comme si j'étais arrivé au bout de tout. Plus rien, sinon quelques traces de foulées dans l'herbe drue.

Alors, je mis mes pas dans ces empreintes. Ce fut long, très long. Ce fut dur, très dur. Cela montait toujours. Encore. Et plus encore. Mais qu'est-ce que je fichais ici ? Mais pourquoi avais-je eu l'idée de ce roman ? Basta, je n'en pouvais plus ! Passe encore pour l'idée. Mais pourquoi devais-je rendre cette idée possible ? Pourquoi fallait-il que je croie à mon idée ? Que j'y croie jusqu'à la rendre vivante ? Que j'y croie jusqu'à faire surgir ces villageois du néant ? Jusqu'à souhaiter le crash d'un gros porteur ? Que j'y croie jusqu'à y faire atterrir, un jour, un prophète juif qui va judaïser cette poignée de paysans quechuas ?

J'y étais.

Et ils étaient là maintenant à me regarder. Qui étais-je ? Un méchant ou un gentil ? Un paumé ou un conquérant ? Un fantôme ? Un esprit maléfique ? Un envoyé du ciel ? Ou tout simplement un renvoyé des hommes ? Ils ne savaient pas. Ils ne comprenaient pas. Alors, ils m'observaient. Ils m'auscultaient. Avais-je le bon œil ? Le bon poumon ? Le bon souffle ? Mon urine était-elle claire ou foncée ? Avais-je laissé mes rêves dans la feuille de coca ? Ma raison dans l'aguardiente ?

Alors, on se regardait. On se mesurait. On s'impressionnait.

Et puis tout à coup il y a eu cette femme. Elle s'est avancée vers moi. Elle avait des graines de kinoa dans le creux de la main. Allez savoir pourquoi. Je souffrais peut-être de la faim ? Du froid ? De la solitude ?

Un homme qui souffre ne peut être tout à fait mauvais.

En réalité je ne souffrais pas. J'avais de quoi manger et de quoi mâcher dans mon sac à dos. J'avais mes enfants, ma femme, mes amis plein le cœur.

Je ne souffrais pas. Il leur plaisait pourtant de me savoir comme eux. Alors ils se rapprochèrent et m'invitèrent à les suivre.

Ils m'ouvrirent une maison de pisé. Ils y étalèrent de l'herbe fraîche, une litière de joncs.

Toute la nuit ils m'apportèrent des cadeaux : un peu de pas grand-chose et beaucoup de très rare. Qui, une pomme de terre, un épi de maïs, qui, un morceau de galette, une feuille de coca. Qui, un lambeau de poisson séché, un bout de boyau. Qui, une pelote de laine, une peau de mouton. Qui, un crâne de lama, un bâton des sages, qui, des amulettes, des gris-gris.

Ils me disaient des mots doux. Ils me donnaient du « papa », du « papito », du « papassito ».

Mais de qui étais-je le petit papa gentil ? Où étaient mes fils ? Qui était mon peuple ? Aujourd'hui encore, si longtemps après, je ne peux apporter de réponse satisfaisante. Quel personnage ont-ils aperçu derrière ma silhouette ? Quelle silhouette se profilait derrière ma personne ?

Au matin, comme les jours suivants, il y eut toujours cette même déférence, cette retenue, cette délicatesse, cette crainte qui les incitaient à abuser des diminutifs comme si on pouvait amadouer le diable en lui donnant du diablosito et même du diablosito...

J'ai esquissé le premier couplet d'« Avant 2000 » dans ce village de l'altiplano péruvien. Ici, en dehors de l'aguardiente et de la feuille de coca, la population n'avait rien pour s'amuser. Rien pour en user, rien pour en abuser. Rien pour en rêver. Rien pour s'éclater.

C'était en 1982, bien avant Tchernobyl. La ville martyre n'est apparue dans la chanson qu'à la huitième mouture, la toute dernière, la plus récente.

Dis, tu te souviens d'avant 2000
Dis, tu te souviens des années 1000
Dis, tu te souviens de Tchernobyl
Dis, tu te souviens d'avant les bombes
Dis, tu te souviens de l'ancien monde
Dis, tu te souviens, c'était tranquille...

Il y avait des petits gars super-speedés
Qu'on ne traitait plus de sales pédés
Des cigarettes pour mieux planer
Des magasins pour sex-shoper
Des magazines pour s'exciter
Des stimulants pour simuler
Des cinémas pour fantasmer
Des bois de Boulogne pour s'échanger
Des Minitels pour racoler
Des 3615 pour s'emballer

Il y avait tout ce qu'il fallait pour s'amuser
Tout ce qu'il fallait pour en user
Tout ce qu'il fallait pour abuser
Tout ce qu'il fallait pour en tâter
Tout ce qu'il fallait pour en rêver
Tout ce qu'il fallait pour s'éclater.

Dis, tu te souviens des années 1000
Dis, tu te souviens de Tchernobyl
Dis, tu te souviens d'avant les bombes

Dis, tu te souviens de l'ancien monde
Dis, tu te souviens, c'était tranquille...

Il y avait des petits gars super-speedés
Qu'on ne traitait plus de sales pédés
Des cigarettes pour mieux planer
Des voyageurs de la fumée
Des collégiens overdosés
Des sous-marins et des fusées
Des réacteurs tout fissurés
Des électeurs contaminés
Des musiques techno et reggae
Qui nous électrisaient les pieds.

Il y avait tout ce qu'il fallait pour s'amuser
Tout ce qu'il fallait pour en user
Tout ce qu'il fallait pour abuser
Tout ce qu'il fallait pour en tâter
Tout ce qu'il fallait pour en rêver
Tout ce qu'il fallait pour s'éclater.

Dis, tu te souviens des années 1000
Dis, tu te souviens de Tchernobyl
Dis, tu te souviens d'avant les bombes
Dis, tu te souviens de l'ancien monde
Dis, tu te souviens, c'était tranquille...

4

En mer : le crime de nos nuits

Chili — septembre 1952. Je revenais du Chili. Mon bateau partait d'Iquique, dans le nord du pays, et touchait, en principe, à Vigo, en Espagne, son port de destination. Je dis « en principe » car ce cargo bourré de guano des cales aux écoutilles ne prenait pas vraiment la mer à bras-le-corps. Il avançait dangereusement couché et menaçait de chavirer par gros temps. En outre, il puait à plein nez, comme en pleine mer, la fiente des pélicans qu'il transportait. Une odeur de moisissure en putréfaction qui s'infiltrait jusque sous la peau et pénétrait l'intérieur du corps. Il m'arrivait en effet de roter des relents de guano comme on rote des relents de saucisson à l'ail. On le devine, le guano ne prête ni à la volupté ni à la sensualité d'une digestion gastronomique. Le guano est une monstruosité de la nature mais c'est aussi, comme bien souvent l'abominable, un vrai trésor d'impuretés. Du guano, de cette immondice, on a fait le must des fumiers, quelque chose comme le caviar, voire la langouste des engrais. Les hommes en ont décidé ainsi. Et ainsi, depuis des siècles et des siècles, les bateaux européens viennent inlassablement charger leur lot d'excréments sur les côtes du Chili et du Pérou. Comme quoi on peut aussi faire son beurre avec de la merde.

A bord il y avait plusieurs couples d'Espagnols. L'un d'eux, la trentaine, des émigrés, rentrait au pays après avoir trimé pour une compagnie minière d'Antofagasta. Durant dix ans, ils s'étaient privés de l'essentiel comme des petits riens, économisant sou par sou. Elle avait envie d'une robe. Eh bien elle mettait le prix de la robe dans une boîte. Il avait envie de fumer. Eh bien il mettait l'argent du paquet de cigarettes dans cette même boîte. Et c'était pareil pour le restaurant, le cinéma, comme pour le plus anodin des plaisirs. A la fin, il n'y eut même plus d'envies, même plus de désirs, mais on mettait quand même quelques billets dans la boîte.

Partis sous Franco, ils rentraient sous Franco. Avec les économies de l'exil, trente mille dollars, quelque cent soixante-dix mille francs, ils pensaient ouvrir une petite tienda, un mini-bazar comme on en rencontre là-bas en Amérique du Sud, une boutique de dépannage en quelque sorte. Ni ambitieux ni lucratif, le projet était à la mesure de leur existence, sans risques et sans histoires. L'homme et moi, appelons-le José, occupions la même cabine. Maria, sa femme, partageait la sienne avec quatre Espagnoles de même condition. C'était des épouses modèles, des fidèles de tous les instants, des solidaires de classe à l'esprit républicain. Toutes avaient trimé comme des bêtes en s'efforçant aux privations et à l'avarice si bien que les sentiments, ou du moins la sentimentalité ne transparaissait plus guère. A la longue les épreuves endurées avaient

31

modifié le caractère. La plupart s'étaient refermées sur elles-mêmes. Chez Maria, comme on le verra par la suite, la dureté n'était qu'apparente. Elle avançait masquée d'un loup. Elle montrait les dents mais ne se mordait que les lèvres. Cela n'empêchait pas la féminité. Petite comtesse aux pieds nus, Maria prenait parfois des airs d'Ava Gardner quand on la dévisageait un peu trop sournoisement. Maria était femme jusqu'au bout des ongles. Femme d'un seul homme dans la vie de tous les jours. Femme de plusieurs dans ses rêves de toutes les nuits. Et les nuits de Maria, ses douces morts de quelques heures, ces abandons au sommeil, bronzaient son corps comme un soleil. Il était alors exposé à tous les délires, à toutes les fantaisies qu'elle se refusait par ailleurs. Couché à côté d'elle, José n'en savait rien. José ne connaissait de Maria que la part avouable de plaisir et de gémissements dont l'amour conjugal s'accommode quand est tombé le rideau sur le théâtre des passions : une mise en scène rudimentaire où la passivité tient le rôle principal. Maria, selon ses choix, pouvait prolonger le jeu ou l'abréger. C'était généralement sans bavures et sans reproches. Plutôt correct et sage en regard des voluptés qu'elle imaginait quand il dormait à côté d'elle, assouvie croyait-il, et écrasée, c'était vrai, d'une fatigue de plomb. Le sexe n'est pas l'apanage des travailleurs de force. Le sexe nécessite la joie de vivre, une disposition au bonheur et au farniente. Il n'y a pas meilleur instant que la sieste, pas meilleur amant, ou meilleure maîtresse, que celui ou celle qui maîtrise le temps et le prend pour aimer. Bien sûr, le sexe s'accommode aussi d'une certaine pression, d'un cinq à sept qui appelle l'excitation quand elle est nourrie par l'interdit et la mauvaise conscience, on plonge alors à corps perdu en se dévorant comme des affamés. Mais que reste-t-il des cinq à sept sinon de brèves émotions faites d'autant de frustrations que d'indifférence ? Au bout du conte, chacun rentre chez soi pour y prolonger sa fable, rassuré, et se délivrer tout en faisant semblant de se livrer.

J'avais parlé de tout cela avec José. Parlé des femmes, de l'amour, du mensonge, du travail. Parlé en vrai et en faux, avec des idées reçues et préconçues. Avec bonne et mauvaise foi. C'était des conversations genre café du Commerce, une philosophie de cargo, des discussions de bâbord et de tribord, des figures de proue, des prouesses de confession. Nous étions devenus les meilleurs copains du monde, de ce monde des océans où nous étions tous deux de passage, dans une mer d'huile. Malheureusement pour lui, la mer se déchaîna brutalement et le cloua sur son bat-flanc.

La maladie de José me permit d'approcher Maria, et comme un fait exprès, tous ces terriens et toutes ces terriennes, tous ces exilés qui rentraient au pays furent atteints du même mal durant des jours et des jours. Il n'y avait de vaillant que Maria et moi-même. Et comme les cabines empestaient le vomi, une odeur encore plus épouvantable que celle du guano, on se retrouva chahuté sur le pont. Accrochés au bastingage, renvoyés l'un contre l'autre par les lames de fond, aspergés d'embruns, on commença par en rire. Et puis la peur du naufrage, la nuit d'encre qui nous entourait, les hurlements du vent, les craquements de coque et de gréement nous rapprochèrent sauvagement comme si la tempête était en nous. C'était aussi inspiré qu'imprévisible, aussi soudain qu'un coup de grisou, qu'une explosion.

Bouche à bouche, scellés l'un à l'autre, on s'était réfugiés sous une bâche qui claquait comme un fouet. Ce fut sans doute le plus long, le plus violent baiser de toute l'histoire de l'humanité. On aurait dit qu'elle ne respirait plus que par mes lèvres, que j'étais à la fois ses poumons et sa gorge, sa bouée, son gilet de sauvetage. Si violents étaient ses spasmes, si houleux son ventre, qu'elle trouva malgré tout la force de repousser ma main. Comme je commençais à la brutaliser, elle s'arracha à moi et s'enfuit. C'était une Espagnole élevée sous l'ancien régime, l'une de ces républicaines catholiques qui savaient repousser le plaisir au-delà de l'extrême limite.

On se revit le matin suivant au chevet de José que l'on rinça à l'eau de mer. Seau après seau on nettoya la cabine, on sortit les matelas, les habits. Elle ne me regarda pas une seule fois. Elle était redevenue la femme du jour, l'épouse irréprochable de José.

Il y eut une accalmie au cours de l'après-midi. Et les malades, les vomisseurs de boyaux vinrent se traîner sur le pont. Comme José manifestait l'intention de se raser, je lui proposai mon rasoir à piles. Cette fois je lus chez Maria comme un reproche. Je ne me conduisais pourtant pas en salaud. Tout simplement en homme, en copain. J'éprouvais une réelle sympathie pour José, une folle attirance pour Maria. Mais comment épargner José autrement qu'en le dissociant de Maria ? Pourquoi aurais-je dû additionner José et Maria pour obtenir un couple alors que chacun d'eux est un être à part entière ? Si la loi biblique protège encore le couple des éventuels prédateurs, aucune morale ne nous oblige à respecter une parole que nous n'avons pas donnée, ou alors que nous avons donnée, à notre insu, du fond des âges, à l'origine de l'éducation ou de la religion.

A lire ces lignes on pourrait croire que la notion du bien et du mal me torturait. Il n'en était rien. A l'époque, la morale ne me préoccupait pas davantage que je ne me préoccupais d'elle. J'étais plutôt dénué de principes, ce qui n'excluait pas une certaine prise de conscience, un côté loi de la jungle, mais loi quand même. Et à la réflexion, aujourd'hui, cinquante ans plus tard, je me demande si cette loi de la jungle, celle qui a cours en forêt, en vrac, en friche, dans la nature excessive, et chez les peuplades primitives, n'est pas la seule vraie voie à suivre. Celle du plus robuste, du meilleur chasseur, du plus valeureux guerrier. Celle de l'émulation, celle de la survie dans les valeurs communes. Celle de l'égalité dans la prospérité comme dans le dénuement. Celle de la solidarité. Celle de la punition, œil pour œil, dent pour dent. Après tout, qu'est-ce qu'une tête tranchée, un cœur arraché, offert aux esprits, quand notre société qui excelle dans les rites sacrificiels exécute et exclut les hommes par millions...

La tempête dura neuf jours et autant de nuits. Et chaque nuit Maria vint me rejoindre pour retourner en hâte vers José et revenir après l'avoir apaisé. Il y eut tant et tant d'allers et retours sous cette bâche qui nous recouvrait comme une tente écroulée, qu'elle finit par se détacher et qu'elle s'envola dans un énorme bruit d'ailes. Notre liaison ne tomba pas à l'eau pour autant. On trouva refuge dans une chaloupe solidement amarrée. Certes nous devions faire quelques acrobaties pour y monter, mais une fois installés nous étions seuls au monde, comme naufragés de nous-mêmes. Et lorsque les nuits ne suffisaient pas à nous rassasier l'un de l'autre, car Maria craignant qu'on ne la découvre ne s'attardait guère après le festin, alors, de jour, par pires coups de houle, par un roulis démentiel, on se lovait entre deux cloisons, parmi les chaînes et les cordages. On ne restait que quelques minutes, debout, accrochés l'un à l'autre, ancrés comme au mouillage, ballottés et pâmés.

Quand la tempête prit fin nous cessâmes de nous voir. José reprit goût à la vie. Les autres vaquèrent à nouveau sur le pont. Les cabines nettoyées, le linge lavé et séché, on sentit encore davantage l'odeur pestilentielle du guano. Il revenait. Pour combattre le fléau j'ai gardé le plus longtemps possible au bout de mes doigts le parfum intime de Maria. Je m'en enivrais en secret.

De toutes mes forces, de tous les pouvoirs dont je croyais disposer, moi le petit sorcier occidental, le séducteur bègue et roux, le Moïse des mers, le tombeur d'une belle de Cadix, je priais tous les dieux de la terre que survienne, encore une fois, le plus terrible des ouragans avant que ne disparaisse, de dessous mes ongles, cette sublime fragrance.

Les dieux ne m'entendirent pas. En revanche, ils déchaînèrent un ouragan auquel personne ne s'attendait et qui provoqua une indescriptible panique.

36

Rapportée par la radio du bord, la nouvelle s'abattit comme la foudre. Alors que l'on se rapprochait de Vigo, l'administration des douanes faisait savoir qu'elle confisquerait la totalité des sommes importées non déclarées. En conséquence, elle invitait les ressortissants espagnols à remplir les formulaires que le commandant tenait à leur disposition.

Déclarer la totalité des sommes, à savoir les économies de chacun, représentait une perte de vingt-trois pour cent, un prélèvement obligatoire, une taxation d'office sur tout exilé de retour au pays. Il s'ensuivit des discussions sans fin, des crises de colère et d'hystérie, des comptes en tous sens, des échafaudages de combines aussi éculées les unes que les autres.

La fouille paraissant inévitable on commença à dissimuler le maximum d'argent pour ne garder sur soi qu'une part possiblement crédible. L'ingéniosité n'eut pas de limites. On vida les tubes de dentifrice, on aménagea des doubles fonds dans les malles, on défit ses doublures, on fabriqua des petits pains, des gâteaux. On glissa les billets dans la mie, sous la croûte. D'autres cachèrent leur trésor dans leur slip, dans les bonnets des soutiens-gorge. On prépara des étuis pour les anus, pour les vagins. On se taillada les bras, les cuisses. On se pansa avec des bandes de gaze, des tissus sanguinolents. Tout cela sous l'œil moqueur des marins qui en avaient vu d'autres et qui proposaient leurs services moyennant d'importantes gratifications.

Plus on cinglait vers Vigo, moins les astuces tenaient le coup. On imaginait la fouille au corps, les rayons X. On se mit à défaire ce que l'on avait préparé avec soin pour refaire autrement, plus fruste, plus vraisemblable.

Rien n'était vraiment satisfaisant. Alors beaucoup pensèrent que la complicité des marins était la seule solution possible. Mais pouvait-on se fier aux hommes d'équipage, des Chiliens, des Péruviens, des Panaméens ? Et quel recours aurait-on ? Ne valait-il pas mieux payer les vingt-trois pour cent de taxes et s'en tirer légalement, sans ressentir ces horribles palpitations durant le contrôle qui s'annonçait aussi impitoyable qu'interminable ?

J'étais l'unique passager dégagé de ces soucis d'argent. Je voyageais sans bagages, riche de mon seul passeport et de mes souvenirs impérissables que je devais raconter par la suite dans *Le Rat d'Amérique*. En outre, ma qualité de Français m'épargnait déclaration et fouille. J'allais débarquer mains dans les poches, en homme libre et heureux, après avoir passé deux années de chien en Amérique du Sud. Je ne regretterais que Maria, ses élans, mes émois. Mon bonheur tenait tout entier dans ces vingt-trois jours de mer, dans ces neuf jours de méchant temps, dans ces coups de lame, dans ces coups au cœur, dans cette odeur de femme qui avait miraculeusement parfumé mon odyssée sud-américaine au goût de l'amour. J'en avais bavé de toutes les façons, de toutes les manières, de tout mon corps. J'avais avalé des couleuvres et de plus gros serpents. J'avais fait le singe, le rat, le loup. J'avais été chercheur d'or, vagabond à ciel ouvert, mineur de cuivre au fond du trou, toucheur de fond, mauvais coucheur, accoucheur de délires, contrebandier du clair de lune, le pourvoyeur de mes frayeurs. Mais surtout j'avais eu faim. Faim jusqu'à connaître la valeur menaçante d'une bouchée de pain. Faim jusqu'à ressentir l'estomac dans mes talons. Faim jusqu'à en avoir l'eau à la bouche. Faim à cause de tous ceux qui sont prompts à vous offrir un verre mais ne vous proposent jamais un repas.

Bon, maintenant je rentrais. J'avais fait copain avec José. Nous avions partagé la même cabine, la même femme. De sa femme il ne doutait pas. De moi non plus. Et comme chaque matin au réveil il utilisait mon rasoir à piles. Le ronronnement lui plaisait. Cette fois, par le hublot rouillé, il contemplait la terre d'Espagne. On distinguait une vague ligne bleue à l'horizon. Rien d'emballant. Juste un flottement de brume et le sillage glauque d'un bâtiment démodé qui crachait sa fumée noire.

Pour José, l'espoir était derrière la brume. Une foule de fois il avait compté et recompté ses dollars, fait ses calculs, additionné et retranché. Une foule de fois il leur avait trouvé une cachette imparable. Et puis, à la réflexion, la cachette s'était avérée faillible.

José se rasait. Il gonflait sa joue et tendait son menton sous les couteaux. Il ne quittait pas le rivage des yeux. On le sentait préoccupé. Les autres avaient déjà pris leur parti, leur décision. Lui, il hésitait encore.

Pouvait-il me faire confiance ? D'accord, j'étais son copain de bord, son compagnon de sort. Le hasard ne nous avait-il pas réunis au même moment sur le même bateau ? Il ne connaissait rien d'autre de moi.

Il se palpa les joues d'un air satisfait. Il appréciait vraiment mon rasoir, un gadget américain dérobé dans une chambre d'hôtel. Cela m'arrivait de voler. Cela m'arrivait aussi de donner. C'était une sorte de troc en échange de rien. Tout juste, peut-être, un échange de plaisir.

J'ai dit :

— Garde-le, il est à toi.

Il ne comprit pas et demanda :

— Tu me le vends combien ?

— Je ne te le vends pas. Je te le donne.

Il marqua la surprise :

— Pourquoi, à moi ?

— Pour rien, c'est comme ça.

Il me remercia d'un chaleureux « gracias, amigo » et fourra le rasoir dans ses affaires.

Au bout d'un moment il dit :

— Ecoute, j'ai une proposition à te faire.

Je savais où il voulait en venir. Je m'étonnais qu'il s'y prenne si tard.

Il m'attrapa par l'épaule et me regarda droit dans les yeux. Il mesurait une tête de moins que moi. C'était un trapu, un râblé, un genre taureau d'entraînement. Il fonça :

— Voilà, est-ce que tu peux me prendre quinze mille dollars sur toi ? C'est la moitié de ma fortune.

Je demandai :

— Pourquoi ne m'en as-tu pas parlé avant ?

— Pourquoi ? Eh bien, j'attendais que tu me le proposes. Mais je te le dis franchement, si tu en avais eu l'initiative je n'aurais pas accepté.

Il ajouta :

— Je ne t'aurais pas fait confiance.

Je demandai :

— Et maintenant ?

— Maintenant, il n'y a pas de problème. C'est à mes risques et périls.

J'acceptai. Il ne nous restait qu'à convenir de la meilleure façon de se retrouver. Nous n'étions plus qu'à quelques encablures du môle que les grues géantes semblaient surveiller comme des sentinelles. José chercha notre point de rencontre. Finalement il me désigna un café-terrasse situé bien au-delà des bâtiments de la douane. On pouvait d'ailleurs lire l'enseigne qui s'affichait en grosses lettres : « El rincón de los marineros ».

Nous en étions là de cette discussion quand Maria entra dans la cabine. A voir le visage réjoui de José, à me surprendre en train de disposer soigneusement les paquets de dollars dans mon sac à dos, elle blêmit et cria :

— Que pasa, que hace ? Tu es complètement fou de lui donner tout cet argent !

Il la contra sèchement. Il parlait castillan et je comprenais tout :

— C'est un type bien, il a été comme un frère pour moi, pues calla te (alors ferme ta gueule) !

Elle me lança un regard assassin et répliqua :

— Comme un frère, tu le crois vraiment ? Moi je dirais plutôt comme un faux frère.

Il m'observa attentivement et j'eus du mal à supporter la suspicion.

Il demanda :

— Qu'est-ce qui te fait dire une chose pareille ? Digame, Maria, digame la verdad !

Elle hésita. Avouer la vérité c'était la fin du couple, la fin d'un monde. Elle chercha néanmoins à l'avertir. Mais comment lui expliquer ? Comment lui dire que

41

j'étais un faux frère ? Comment lui faire comprendre qu'ayant déjà volé sa femme, j'étais, dès lors, capable de voler son argent ? Elle m'adressa un regard éperdu. J'y vis la tempête, nos nuits de naufragés, nos élans passionnés. Comment lui dire que je l'aimais, que j'étais honnête, innocent ? Comment lui crier que je n'avais pas volé son amour, mais qu'elle me l'avait don-né ? Comment lui montrer que je me foutais de son argent sinon en le lui jetant au visage ?

Je criai :

— Por fin, ya basta ! Toma tu dinero. Yo quiero tu felicidad no soy un ladrón. Je ne veux rien de toi, rien de vous deux, rien de qui que ce soit.

José ne l'entendait pas ainsi. Il se sentit vexé, bafoué. Il ramassa les liasses qui jonchaient le sol et les replaça lui-même dans mon sac à dos :

— Por favor, Jaïmé, il n'y a pas de problème, excuse-la. Les femmes sont toutes pareilles, elles ne supportent pas l'amitié entre hommes. S'il te plaît, Jaïmé, oublie son emportement, elle est fatiguée, cette histoire de taxes lui a tourné la tête.

Il s'approcha d'elle et la prit dans ses bras :

— Allons, Maria, remets-toi. Tout va aller pour le mieux !

Elle tremblait, elle pleurait. Il la consola :

— Ça ira, mon petit ! Ça ira ! Là, calmito, calmito, le Français est un homme d'honneur. Aquí, somos todos hermanos.

Libéré le premier, j'étais resté un moment en bas de la passerelle tandis que les autorités douanières prenaient possession du navire. Ils étaient une dizaine en uniforme, autant d'hommes que de femmes. Là-haut, cantonnés en file indienne, les émigrés attendaient leur tour.

José ne me quittait pas des yeux. Maria gardait la tête baissée. Sans doute se remémorait-elle la vie chilienne, les sacrifices, toutes les robes qu'elle ne s'était pas achetées. Tous les films qu'elle n'était pas allée voir. Tous les restaurants, les magasins qu'elle n'avait pas fréquentés. En douze ans Maria ne dérogea pas une seule fois à la règle. Lui non plus. Jusqu'à ses pantalons, qu'il donnait à rapiécer. Pareil pour les chaussettes, les vêtements de laine. Elle reprisait avec un œuf de bois. Et se crevait les yeux, les mains. Et que dire des anniversaires, des fêtes, des Noëls ? Elle rêvait d'une montre, lui d'une gourmette. Au lieu de cela, eh bien on mettait le rêve dans une boîte en carton.

La queue n'avançait pas. Tête baissée, comme une coupable, Maria maugréait contre elle-même. Tout cela n'avait servi à rien. Toutes ces stratégies de fourmi, tout ce long travail pour l'avenir était maintenant entre les mains d'un étranger insouciant auquel elle n'accordait pas sa confiance. Elle avait doublement trahi José. Trahi pour de vrai, cette fois, autrement que dans ses rêves de femme mariée où elle se donnait à des princes comme à des voyous, à des colporteurs comme à des prophètes. Elle avait trahi pour voir, pour savoir, pour apprendre. Trahi pour repenser son corps, pour comprendre ses rêves. Trahi pour juger de ses capacités, de sa fougue, de ses prédispositions à l'amour. Maintenant elle savait. Il n'y aurait plus jamais de plaisir semblable. Elle avait touché à

43

l'inégalable, à une jouissance qui montait du fond de la mer jusqu'à lui inonder les entrailles. C'était comme un raz de marée, comme un typhon. Elle était dévastée, foudroyée. Et, chaque fois, elle avait perdu un peu de son âme.

Je m'étais installé à la terrasse d'El rincón de los marineros. J'y avais commandé un grand verre de jus d'orchata. Et puis un deuxième et un troisième. Je manquais de vitamines. Trop de morue et de patates. Morue le matin, morue le midi, morue le soir. Heureusement j'avais goûté à la sirène. Le goût était encore dans ma bouche, au bout de la langue, au fond de la gorge. Le goût de Maria était suave comme celui de l'orchata. Un peu moins sucré peut-être, un peu plus aigrelet, comme un cocktail de limon vert et d'amande amère. C'était une odeur de quatre saisons et de haute marée, un parfum indélébile que la mémoire olfactive fixait en moi à jamais, mieux que le plus rare des muscs.

Une heure s'écoula. Maria me croyait sans doute parti, envolé avec son argent. Mais que se passait-il là-bas ?

Un compagnon de cabine s'avança, la mine défaite. On lui avait fait des misères. Valise ouverte, linge déplié, palpé. Les cadeaux déballés, les tubes de dentifrice et de crème écrabouillés. Drôle de retour au pays. Pour finir l'homme avait dû se mettre à quatre pattes et se laisser fouiller tout au fond.

D'autres émigrés passèrent devant ma terrasse. Visage fermé, ils suivaient les porteurs jusqu'au parking des bus et des taxis. Là, ils remettaient leurs affaires en ordre. Ils rangeaient, pliaient, réempilaient. Ils faisaient surtout leurs comptes car, outre les prélèvements légaux sur les sommes déclarées et l'argent carrément confisqué, ils ne s'y retrouvaient plus. D'un coup c'était des dizaines de robes et des dizaines de paires de chaussures, des centaines de bons repas et de séances de cinéma, des dizaines et des dizaines de cadeaux d'anniversaire, des semaines de vacances, des stocks d'envies refrénées, de désirs refusés qui s'étaient échappés des boîtes en carton pour venir garnir les poches de l'Etat.

Autour des taxis et des bus ça n'était que colère et dépit, haine et découragement. C'est que les fouilleurs avaient tout découvert. Ils avaient exploré les pains, les gâteaux, les soutiens-gorge et les vagins. Ils avaient battu les hommes, humilié les femmes et taxé les plus récalcitrants à cent pour cent.

J'attendais. Je n'avais rien d'autre à faire que de boire et d'attendre. Rien d'autre à penser qu'à ma réputation et à mon honneur. J'étais prêt à m'installer pour la nuit et même pour le mois, pour l'année au rincón de los marineros. Parti de chez moi depuis plus de deux ans, je n'étais pas à quelques jours près. Je ne manquais à personne et personne ne me manquait. Parti sans rien, je revenais sans rien. Enfin si, j'avais quinze mille dollars dans ma poche et ma main par-dessus. Quinze mille dollars dans ma main et une odeur de fille au bout du cœur.

Enfin il me sembla les apercevoir de loin. Masqués derrière leur fourbi, ils ramenaient leurs draps, leur

45

linge, leur trousseau, tout ce qu'ils avaient emporté douze ans plus tôt en partant d'Espagne. Il n'y avait rien de neuf dans leurs bagages. Ni bijoux ni souvenirs, juste quelques photos, quelques lettres de famille.

Oui, c'était bien eux. Ils marchaient lentement, tête baissée l'un derrière l'autre. José paraissait le plus atteint. Accablé, il traînait les pieds dans la poussière. Je me disais qu'on avait dû l'interroger avec des spots en pleine gueule. Qu'on les avait matraqués, humiliés, annihilés. Et puis, à la tête de José, à sa manière de se tenir et d'avancer, j'ai compris qu'il y avait eu autre chose que les spots en pleine gueule, autre chose qu'un interrogatoire dégradant. J'ai compris qu'elle lui avait tout raconté, tout avoué : la tempête, notre rencontre, le plaisir.

Ça crevait les yeux. Bien sûr, elle lui avait tout dit, tout décrit, tout prédit. Elle l'avait persuadé que j'étais un voleur, que je ne serais pas au rendez-vous, que je les avais trompés tous les deux, que j'étais leur mauvais génie, le faux frère, l'imposteur.

Et José ruminait sa douleur. Le sort s'acharnait contre lui. Il avait perdu sa femme et la moitié de sa fortune. Tout cela à cause d'un malentendu, à cause d'un travail forcé, à cause de principes trop rigoureux, à cause de cette putain de vie de tous les jours qui assomme les sentiments. Il s'était stupidement abruti pendant douze ans. Tout ça pour gagner un peu plus et rentrer plus vite au pays. Et durant toutes ces années d'aveuglement et d'obstination il était passé à côté de sa femme sans même lui dire une seule fois qu'elle était belle et qu'il l'aimait. Aujourd'hui la leçon était amère.

La tête en feu, José passa devant le café des marineros sans même y jeter un coup d'œil. Je me disais que Maria allait s'y arrêter, m'y chercher du regard. Eh bien non, Maria ne s'arrêta pas.

Alors je fus pris d'une fureur indicible. Bon Dieu, ils ne pouvaient pas me faire ça à moi. Ils ne pouvaient pas se faire ça à eux. Pas se faire mal à ce point. Pas être aussi catégoriques, aussi obtus. Merde, c'était leur argent, pas le mien. C'était leur vie, leur histoire, pas la mienne.

Alors j'ai couru derrière eux. J'ai crié : « José ! José ! Soy aquí, soy aquí, je suis ici, je suis ici ! »

Il se retourna. Il me regarda sans y croire comme si j'arrivais d'un autre monde. Hagard, il demanda :

— Que hase aquí ? Que quiere ? Qu'est-ce que tu fais ici, qu'est-ce que tu veux ?

Je gueulai :

— Quoi, qu'est-ce que je fais ici ? Mais t'es devenu dingue ou quoi ? Et ça, qu'est-ce que j'en fais, je me torche avec ou quoi !

Je fourrai le paquet de dollars dans son barda.

Pas un mot, pas un merci, une excuse. Il se remit en marche.

Je me sentais coupable. Je ne savais pas quoi faire, pas quoi dire. Alors je criai :

— J'en ai vu des cons, mais des comme toi, jamais !

Elle eut une réaction, un geste, quelque chose de pas très clair. Ça voulait dire : « C'est la fatalité » ou bien alors « Va-t'en au diable ! » J'attendais mieux.

Je restai là sur la route au milieu des bus et des taxis qui me klaxonnaient. J'avais de la poussière plein les yeux et une grosse peine au fond de la gorge.

J'espérais un autre signe, une autre grâce. J'espérais de tout mon être, de toute ma vie. J'y engageais même mon avenir, ma réussite, mon talent, comme si un autre geste de Maria, quelque chose de clair, de prometteur, valait à lui seul plus que toute ma vie.

J'attendais. Je ne la lâchais pas des yeux. J'y mettais tout mon pouvoir, toute ma volonté. Rien n'y faisait. Et puis tout à coup, au moment de monter dans le car, elle hésita. Elle laissa passer José et d'autres gens qui s'installèrent.

Debout sur le marchepied, une main accrochée à la portière, elle se retourna enfin sur moi. Cambrée dans sa robe légère qui virevoltait, elle était belle comme la tempête, belle comme le crime de nos nuits, belle parce qu'elle me regardait.

Alors je ne pus m'empêcher de hurler :

— Te quiero, Maria ! Te quiero !

Et tandis que mes mots d'amour se perdaient dans le brouhaha, le car démarra dans un incroyable bruit de ferraille et de bielles à demi coulées. Ça cognait de partout dans le moteur comme dans mon ventre. Alors, les mains en porte-voix, je criai :

— Hasta luego, Maria, hasta luego, José !

5

Pékin : « Si d'amour incidemment »

En mars 1987 je revenais de Pékin avec une ébauche de chanson sur le sida.

J'étais allé arracher auprès des autorités compétentes l'autorisation de me rendre au Taklamakan. Et si compétentes étaient ces autorités qu'il ne m'aura fallu pas moins de quatre voyages à Pékin et une petite fortune en dollars avant de porter mes kampé à la victoire sur les dunes et à l'amitié entre nos deux peuples. La somme était si élevée que je dus faire appel à des partenaires : TBS, Fujicolor, Volvic, Laridan Communication et Terres d'Aventures. En contrepartie, les Chinois mettaient à notre disposition un important soutien logistique qui se composait surtout de deux vieux camions de l'armée, d'un commissaire politique et d'une bande de truands sortis tout droit de quelque camp d'internement.

Je reviendrai plus tard sur le déroulement de cette première expédition franco-chinoise au Taklamakan. Pour l'heure, restons encore un peu à Pékin, au Grand Hôtel exactement où, à force d'attendre tel ou tel contact à la terrasse de la cafétéria qui donne sur le hall, j'avais fini par connaître trois ou quatre étudiantes qui ne refusaient pas l'aventure.

L'un des garçons, peut-être un maître d'hôtel, s'amusait à jouer les sous-maîtresses. Il avait une façon fort gracieuse de virevolter entre les tables avec un préservatif camouflé dans le creux de la main. Il suffisait d'un clin d'œil accompagné d'un billet de dix yuan pour que la nuit s'annonce câline. Restait ensuite à corrompre le personnel de l'étage : gardiens, femmes de chambre, ou tout autre serviteur rencontré dans les couloirs.

Une fois dans la chambre, on traitait directement avec la fille qui fréquentait invariablement une école de commerce. Difficile de savoir si l'on avait affaire à une étudiante qui se prostituait ou à une prostituée qui étudiait. Peu loquace, ne maniant que quelques mots d'anglais, on laissait faire le sourire.

Pour cent yuan on avait droit à la « Sieste asiatique ». Pour deux cents, au « Coucher du mandarin ». Il n'y avait plus qu'à se mettre au lit et à fermer les yeux. Pour trois cents yuan, on grimpait sur la « Grande Muraille ». On pouvait jouer à l'assaillant et ouvrir des brèches dans les bastions les plus secrets.

Toutes ces étudiantes travaillaient de la meilleure des façons. Elles prenaient de la peine et ne boudaient pas leur plaisir.

A Pékin, à cette époque, il n'y avait pas encore eu Tien An Men. Et on ne parlait pas encore du sida. Bien des étrangers consommaient sans se protéger. Et les filles ne s'en souciaient guère. Le sida c'était pour les homos, pour les drogués, pour les prisonniers, pour les marins. Le sida, dans la Chine de 1987, ça n'arrivait qu'aux autres. Pas encore à nous.

Un soir, un coup de fil de Paris m'apprit la mort de François. Il avait agonisé dans les pires conditions pour s'éteindre, épuisé, dans un lit d'hôpital. François, c'était un sensible, un amoureux de la vie, une fille manquée. Il n'avait pas son pareil pour cuisiner, pour faire son marché, pour organiser des fêtes et rendre toutes sortes de services. Il avait le cœur sur la main et la main à la braguette. C'était un fou du sexe, un dragueur de squares et de pissoirs. Toujours à vibrer. Toujours à bander. Toujours à jouir et à se réjouir.

François, il était jeune. Il était mignon. Il était drôle. Et puis, un jour, il n'était plus. De lui, de sa vie, de ses envies, il ne resta qu'un cadavre décharné, un bout d'os et de chair tout fripé, tout noirci. Quand j'ai appris la fin de François, quand j'ai compris que nous, ses amis, on ne le verrait plus qu'en souvenir, alors, un soir, dans cette grande ville chinoise j'ai écrit « Si d'amour incidemment » sur une nappe de restaurant :

Si d'a, si d'a, si d'aventure
Si d'aventure ou si d'accident
Si d'amour incidemment
Si d'ailleurs ou si d'à côté
Si d'amateurs ou si d'arnaqueurs
Si d'agresseurs et si d'amitié
Si d'a, si d'a, si d'a...

Si d'a, si d'a, si d'aventure
Si d'aventure ou si d'accident
Si d'amour incidemment

Si d'a, si d'a, si d'agression
Si d'arbitraire et si d'anodin
Si d'adversaires et si d'assassins
Si d'a, si d'a, si d'a...

Si d'analyses en prises de sang
J'étais zéro, zéro positif
Plutôt que Zorro, Zorro négatif
Je serais incidemment mal barré
Entre la Pitié et Lambaréné.

Si d'a, si d'a, si d'aventure
Si d'aventure ou si d'accident
Si d'amour incidemment
Si d'accoupler et si d'assumer
Si d'attaquer et si d'assurer
Si d'agonir et si d'asphyxier
Si d'a, si d'a, si d'a...

Si d'a, si d'a, si d'aventure
Si d'aventure et si d'accident
Si d'amour incidemment
Si d'anormal et si d'anathème
Si d'attrape cœur et si d'attrape cons
Si d'abandons et si d'attentions
Si d'a, si d'a, si d'a...

Si d'analyses en prises de sang
J'étais zéro, zéro positif
Plutôt que Zorro, Zorro négatif
Je serais incidemment mal barré
Entre la Pitié et Lambaréné.

Ad lib. :
Si d'a, si d'a
Si d'assassins et si d'agonie
Si d'abandons et si d'attentions
Si d'assassins et si d'agonie
Si d'a, si d'a...

Il y a eu plusieurs versions de ce « Si d'amour incidemment ». La chanson est passée entre plusieurs mains. Un jeune homme y a ajouté quelques mots. Un autre s'est essayé à les mettre en musique.

Et puis, un jour, j'ai appris que Barbara chantait quelque chose dans le même genre.

Le hasard, l'inspiration, l'horreur !

Le « Si d'a, si d'aventure » était déjà dans le domaine public...

6

Taklamakan : la danse des petits pains

Nous marchions déjà depuis une quinzaine de jours. On avait très chaud dans la journée : 65, 70 °C au soleil. Très froid la nuit, entre 3 et 6 °C. Nous avions aussi très faim et très soif. Faim parce que nos provisions s'épuisaient. Soif parce que nous n'avions pas encore trouvé la rivière souterraine et que nous devions rationner l'eau en attendant cette éventuelle rencontre. Chaque jour, mirage aidant, il m'avait semblé voir une ligne verte à l'horizon des dunes. Quelque chose comme des peupliers de l'Euphrate et des saules pleureurs. Mais non, cela n'était qu'une hallucination. Bon, n'en faisons pas une histoire. En m'engageant dans ce désert que nul n'avait parcouru depuis près d'un siècle, et pour quoi faire d'ailleurs ?, je prenais mes risques et les assumais. Lorsqu'il est décidé, souhaité, rêvé, mesuré et chronométré, l'enfer peut devenir un paradis. Naturellement on a beau être au paradis, on n'en est pas moins homme avec ses humeurs, ses prétentions et ses appétits. Et chaque nuit je rêvais de festins, d'orgies, de ripailles. Et chaque nuit j'en avais l'eau à la bouche, un renvoi de bile plein d'aigreur et d'amertume. Amers aussi étaient les petits matins quand la cuiller tenait toute droite dans le café soluble. Pas même de quoi étancher sa soif.

Un jour, pourtant, le miracle frappa à ma tente. Cela commença par une formidable odeur de brioche. Quelque chose de suave, de doucereux, d'exceptionnellement savoureux qui vint me chatouiller les narines. Encore tout ahuri, je passai la tête hors de la toile et je n'en crus pas mes yeux. Je vis mes deux chameliers qui confectionnaient des petits pains. Ils s'appliquaient en tirant la langue comme des écoliers sur leurs devoirs.

Je me dis qu'ils me réservaient cette divine surprise pour le jour de notre mort, que c'était leur dernier cadeau, une manière de me dire adieu. Et soudain je ne pus m'empêcher. Je me précipitai sur le bout de natte qui nous servait de nappe et commençai à avaler tout ce qui s'y trouvait. Qu'importaient les reproches, les protestations de mes compagnons. Je n'avais jamais goûté petits pains si onctueux, si délicieux, si bien cuits. Et j'étais là, égoïste, à me régaler de ce présent des dieux quand l'un des chameliers prit un visage pathétique et se jeta à terre. Il roula sur le dos. C'était poignant, saisissant de vérité.

Comme je continuais à dévorer mes petits pains, il se mit à râler et à blatérer encore plus fort que nos chameaux.

Je compris alors que ce repas n'était pas préparé pour moi, mais pour nos bêtes dont les deux bosses pendaient lamentablement. C'était leur ultime ration de maïs. Pour faire une pâtée plus fournie on avait ajouté un paquet de semoule de blé, nos dernières provisions.

Je ne sus comment réparer autrement qu'en m'excusant. Il n'y avait d'ailleurs rien à faire d'autre. Rien d'autre à faire que de laisser les miettes.

Quelques jours après, lorsque tout le monde fut sauvé et abreuvé, les chameliers me racontèrent sans malice comment ils pissèrent dans la farine pour économiser les dernières gouttes d'eau.

Politesse oblige ! Je n'ai pas manqué de les complimenter. J'ai vanté la qualité de la pâte et chanté l'excellent goût qui s'en dégageait.

L'honneur était sauf...

7

Xi-Xiang : le peuple du néant

Nous allions par une chaleur insupportable. Posé sur un caillou on aurait pu faire frire un œuf d'autruche. Hélas, nous ne possédions ni œuf d'autruche, ni œuf de poule, mais des ampoules grosses comme des œufs. Équipés d'une paire de skis de fond, on glissait tant bien que mal sur le sable. Le ski, dans le désert, c'était surtout pratique pour monter et descendre les dunes. En revanche, sur le plat, il nous fallait allonger le pas et tirer fort sur les spatules. Bien sûr, nous avions tout préparé, tout prévu, tout supposé, tout pesé, tout vu et revu. Une seule chose nous avait échappé : les chaussures. C'étaient de vraies chaussures de fondeur, en caoutchouc mou, avec un rembourrage anti-froid, le genre coton-mousse. L'horreur ! Ce qui convenait dans la neige par des températures polaires n'allait plus du tout dans les sables brûlants du Taklamakan. De jour en jour, à force de baigner dans la sueur et le sang, nos pieds demandaient grâce. Ils pleuraient, gémissaient, rendaient l'âme. Et l'âme du pied, croyez-moi, cela dégage un sacré parfum de trépas. Enfin, on eut pitié de nous-mêmes. On fixa les skis sur le bât d'un chameau et on retrouva le vrai plaisir de marcher pieds nus. C'était délicieux, enchanteur. Nos orteils faisaient sablier et le temps s'écoulait entre eux comme le sable dans son flacon.

Une dizaine de jours plus tard, les pieds guéris, je ne pus m'empêcher de remettre ça. Il faut dire que les dunes étaient hautes et belles. Dire que la glisse rompait la monotonie de la marche. Dire aussi que l'on avançait à l'aveuglette en mettant le cap à l'est, sans savoir ce que l'avenir nous réservait. Une fin d'après-midi, je dus me pincer car l'avenir devint si souriant que je crus à un mirage.

Parvenu au sommet d'une impressionnante dune, je découvris en contrebas un ruban de vallée fertile émaillé de quelques huttes d'où sortaient des hommes affolés. Ils étaient vêtus de longs manteaux noirs et coiffés de toques de fourrure. Ils ressemblaient à des rabbins, à des Juifs polonais.

Ebahi, je me manifestai avec enthousiasme. J'agitai les bras, je criai. Pour finir, je me laissai glisser le long de cette énorme pente de sable que je dévalai comme un diable. Ce fut si spectaculaire, si inattendu, que le peuple du néant, cette poignée d'hommes, prit aussitôt la fuite.

Cette partie du désert étant réputée infranchissable, seul un démon pouvait arriver jusqu'à eux dans pareil accoutrement et sur de semblables planches.

Hélas, effrayés par ma dégaine et mon mode de transport, cette poignée d'êtres humains, ce peuple rare et craintif, prit aussitôt la fuite.

Skis déchaussés, je dus attendre longtemps, très

longtemps, le retour des habitants. Ils avançaient méfiants, deux par deux, ou par familles. Ils tenaient des pierres, des coutelas dans la main. Moi, le démon, j'arborais le meilleur des sourires. Ça ne suffisait pas.

Plus tard, rejoints par mes chameliers ouïgours, eux-mêmes déconcertés par cette rencontre d'un autre âge, on eut le bonheur de se présenter et de se comprendre...

8

Népal : Himalaya mon amour

Un coup de fil passé de Chamonix m'apprit que j'avais un fils en pays sherpa. Le guide de haute montagne était formel : j'étais bien le cher papa d'un petit sherpa de dix ans.

Au téléphone le guide me rappelait notre trek, ma cheville foulée, mon repos forcé à Namche-Bazar tandis que le groupe gagnait les contreforts de l'Everest.

Les lecteurs du *Fils de l'Himalaya*, mon avant-dernier ouvrage, ont fait connaissance avec Hima, ce fils présumé. Les cheveux rouges, les yeux bleus, les traits tibéto-birmans, le petit me ressemblait paraît-il à s'y méprendre.

Le plus étrange c'est que je n'ai jamais fréquenté de jeunes filles sherpani autrement qu'en marchant auprès d'elles. J'ai échangé des regards, reçu et rendu des sourires. J'ai distribué des compliments, vanté la beauté et la grâce, mais je n'ai jamais été au-delà d'une simple politesse. Chemin faisant j'ai peut-être imaginé ce que serait ma vie à Namche-Bazar : une liaison de saison ou un mariage de passion ? Et qui sait, à l'occasion, un enfant.

En marchant on pense à toutes sortes de choses. On revient sur le passé, on refait ce qui a été, on contredit ou on arrange son existence, parfois jusqu'à la contre-faire. Vrai, le marcheur est aussi son inventeur. Là où il se repose, il se pose. Là où il foule la terre, il se défoule l'esprit. Il est lui et il est l'autre. Il se mêle et il s'emmêle dans les civilisations, dans les coutumes, dans les rêves et les certitudes. Heureusement, il n'est que de passage, alors il s'évade, il s'enfuit, il prend ses jambes à son cou et ses désirs pour des réalités.

La rumeur qui me prêtait cet enfant sherpa était si persistante que le doute m'effleura. Qui sait, j'avais peut-être été la victime d'un trou de mémoire ? Ou bien atteint d'un trouble de la personnalité ? Intrigué, j'ai commencé à bâtir une histoire dans laquelle deux frères, l'un mort, l'autre vivant, se disputent âprement la paternité d'un jeune garçon. J'ai donc mis au monde Hima, comme Himalaya, un sang-mêlé, un bâtard, qualifié parfois de naturel quand le père est inconnu. Mais Hima n'est pas un enfant naturel, c'est un enfant surnaturel, l'un de ces êtres qui détiennent les clefs susceptibles d'ouvrir les portes de l'univers.

Et comme il fallait tout de même un géniteur à ce petit génie himalayen, je l'ai construit sur mesure. C'est un marcheur dans mon genre, un dévoreur d'es-paces, un type que l'on voit et que l'on rencontre par-tout même là où il n'est jamais allé. Combien de fois ne m'a-t-on pas vu là où je n'étais pas ! Combien de photos ne m'a-t-on pas envoyées là où il n'y avait qu'une silhouette en mouvement, qu'une vague res-semblance ? Ou pire encore, un simple moustachu immortalisé devant son Ricard avec l'épouse du photographe sur les genoux.

Un an après sa mise en chantier paraît enfin *Le Fils de l'Himalaya*, un récit d'imagination pour lequel je me suis arraché les tripes. J'y ai joué de tous les tons et de tous les instruments, tantôt m'exposant en pleine lumière, tantôt me dissimulant dans la pénombre.

Le livre est à peine sorti en librairie que je décide d'aller voir au Népal quelle est l'étendue de mon ignorance comme la part savante et intuitive de la création. C'est une expérience risquée car la confrontation peut être meurtrière pour l'auteur si d'aventure ses interprétations du magique tournent davantage au ridicule qu'à la divination. Mais laissons cette appréciation aux spécialistes de l'ethnologie sherpano-tibétaine qui ne manqueront pas de relever, par-ci par-là, quelque invraisemblance. Encore que l'auteur s'amuse fort à piéger lesdits spécialistes en montrant des incendies là où ils ne voient que des étincelles. C'est la force du romancier de commander l'incendie quand il est potentiellement déclaré.

En réalité, mon étonnement n'est venu ni du feu ni d'une bourde, mais d'une rencontre. J'ai pu vérifier, encore une fois, que le hasard est bien le meilleur romancier du monde. Alors, que dire quand le romancier joue du hasard comme d'une harpe et découvre que le père de son petit héros existe bien en chair et en os, à l'image de son personnage de papier ? Il lui ressemble trait pour trait. Il en a l'allure, la prestance, les vêtements.

A première vue rien ne le distingue d'un sherpa. Il a le visage anguleux et buriné, la même foulée généreuse, le même influx nerveux dans la cadence. A seconde vue, on est surpris par ses yeux bleus, par son parler, son accent. Et quand il ôte son bonnet délavé, apparaît alors une tignasse rousse.

L'homme est français. Il habite Namche-Bazar. Comme mon héros, il vit avec une sherpani dans une maison de bois et de pierre cernée par la boue. Il m'invite à le suivre.

Sur le point d'accoucher, la femme rentre les yaks et nous prépare le thé au beurre.

Aux murs, des piolets, des cordages, une photographie d'expédition.

Epinglé au-dessus du lit, nostalgie ou dérision, un ticket de métro, une carte des Assedic.

Dans quelques jours, le petit va naître à la maison. Le chaman a prédit un garçon. Peut-être l'appelleront-ils Hima. Hima comme Himalaya.

Promis, le romancier reviendra. De retour à Paris il appellera le guide de montagne. Il lui dira que son fils est né, que la mère va bien, que son père est heureux. Il lui dira qu'à Namche, on n'est pas à dix ans près parce que à Namche c'est à la fois le bazar et l'éternité, la vie rêvée et le songe accompli...

Lors de mon troisième trek au Népal, j'avais noté quelques phrases à chanter du genre suivant :

Tu es mon Anna, mon Anna
Mon Annapurna

Tu es mon Hima, mon Hima
Mon Himalaya
Tu es ma Macha, ma Macha
Ma Machapuchare.

Je n'ai pas été plus loin ni plus haut. Au retour de cette marche en pays gurung, j'ai essayé de reprendre le texte en y mêlant d'autres prénoms, d'autres sommets. Et puis, j'ai abandonné.

Au même moment, un directeur artistique me présenta une petite chanteuse dont il voulait faire une star. Je lui ai proposé « Je sais tout faire ». Curieusement, je n'ai plus jamais eu de nouvelles, ni de la chanteuse ni de la chanson.

Dépité, je suis reparti pour le Népal. J'avais la fièvre au cœur, un goût de fumée dans la bouche.

Quand sur la scène on dit : MOTEUR *!*
Et que s'allument les projecteurs
Moi qui ne suis qu'une p'tite chanteuse
Et qui essaye d'être danseuse
En un éclair je me transforme
Je me sens l'âme d'une grande actrice
Alors je grimpe au box-office
Je sais tout faire, je tiens la forme.

Je suis Bardot et Travolta
Je suis Charlot et Minelli
Je suis Garbo et Adjani
Je suis même Piaf et Mistinguett
Et puis soudain je suis moi-même...

Me voici avec des claquettes
Me voici avec des baskets
Me voici dans les séries noires
Me voici dans la vie en rose
Me voici prenant la pose
Je sais tout faire et tout chanter.

Je sais faire rire et puis pleurer
Je sais tout jouer et tout danser.

Quand sur la scène on dit : COUPEZ !
Et que le rideau est tombé
Moi d'un seul coup je suis paumée
Dans le brouillard et la fumée
En un éclair je me transforme
Je n'suis plus rien, je perds la forme
Je redescends du box-office
Et je m'enfuis dans les coulisses.

Je suis Bogart sans cigarette
Je suis la Miss sans ses tinguettes
Je suis Dietrich sans ses gambettes
Je suis Coluche sans salopette
Je n'suis plus rien, rien que moi-même.

Je n'sais rien faire et rien chanter
Même plus faire rire, même pas pleurer
Je n'sais plus jouer et plus danser.

Quand sur la scène on dit : MOTEUR !
Et que s'allument les projecteurs
Moi qui ne suis qu'une p'tite chanteuse

En essayant d'être une danseuse
Je me sens bien, je me transforme
En un éclair c'est l'escalade
Alors je grimpe au hit-parade
Je me sens bien, je me transforme
Je sais tout faire, je tiens la forme.

Je suis Marilyn et les Bee Gees
Je suis disco, je joue dans « Grease »
Je suis super, je m'électrise
Je suis même Piaf et Mistinguett
Et puis soudain je suis moi-même...

Je sais tout faire et tout chanter
Je sais faire rire et puis pleurer
Je sais tout jouer et tout danser...

Ne coupez pas, je vous en prie !
Ne coupez pas, j'ai pas fini !

Sur ma lancée, et pour personne, de Katmandou et de Bakhpapur, tout en allant vers Nagarkot, je me ruminai des drôleries. Là, avec « Cher public » je restai dans la légèreté. Ça montait pourtant drôlement. Un peu plus tard, assis face à la chaîne himalayenne qui s'étirait majestueusement, je trempais mes pieds dans une bassine pleine d'un mélange d'eau polluée et de permanganate.

Le regard plongé dans l'horizon mordoré d'où dépassaient des pointes de neiges éternelles, je mettais mes phrases en ordre. Il s'agissait vraiment d'une chanson pour personne, et personne, jamais, ne la chanta.

Cher public, cher public,
Je vous en prie, achetez mon disque
Cher public, cher public,
Je vous en prie, je manque de fric...

J'ai la toiture de mon château
Qui perd ses tuiles
J'ai le moteur de ma Rolls-Royce
Qui fait de l'huile.

J'ai la voilure de mon bateau
Qui s'effiloche
J'ai la carlingue de mon avion
Qu'est pleine de bosses.

J'ai l'portefeuille de mes actions
Qu'est déchiré
J'ai la facture de chez Fauchon
Qu'est arrivée.

J'ai le clavier de mon piano
Qui a lâché
J'ai la sono de mon studio
A remplacer.

Cher public, cher public,
Je vous en prie, achetez mon disque
Cher public, cher public,
Je vous en prie, j'ai besoin d'fric...

J'ai mon hôtel de l'avenue Foch
A ravaler

J'ai sa façade qui est très moche
A regarder.

J'ai mon domaine de Saint-Tropez
Qu'est inondé
J'ai mon chalet des Pyrénées
Qui a brûlé.

J'ai l'parolier de mes chansons
Qui perd ses mots
J'ai le degré d'inspiration
Au point zéro.

J'ai l'P-DG d'ma boîte de disques
Qu'est déposé
J'ai l'directeur de l'artistique
Qui m'a viré.

Cher public, cher public,
Je vous en prie, achetez mon disque
Cher public, cher public,
Je vous en prie, je manque de fric...

J'ai l'assurance pour mes dommages
Qui a enquêté
J'ai l'assurance d'être accusé
C'est bien dommage !

J'ai ma copine qui m'a quitté
Parce que fauché
J'ai plus mes comptes numérotés
Qu'elle a vidés.

J'ai les impôts qui me réclament
Un p'tit milliard
J'ai plus qu'ma peau et puis mon âme
C'est un cauchemar !

J'ai les huissiers dans mon entrée
Pour l'inventaire
J'ai les gendarmes à la sortie
Pour me faire taire.

J'ai mon CD qui va monter
Au paradis
J'ai ma chanson qui va toucher
Plein d'royalties.

Cher public, cher public,
Je vous en prie, achetez mon disque
Cher public, cher public,
Je vous en prie, je manque de fric...

9

Tanzanie : l'assassin du Kilimandjaro

Je devais avoir cinquante-trois ou cinquante-quatre ans ? Peut-être même un peu plus. Ne me demandez jamais ni mon âge, ni des dates, ni l'heure. Encore que pour l'heure tout dépend du cadran. S'il affiche des chiffres, ça va. En revanche si je dois consulter des aiguilles et vérifier leur position, alors j'en ai pour un bon moment. Lire l'heure est une opération qui me prend du temps. Et entre l'instant où je m'inquiète de l'heure et celui où je m'en assure, le temps continue à tourner et la grande aiguille a avancé. Disons que j'ai un blocage sur le chiffre comme j'ai un blocage sur mon âge et sur le temps. Tout cela parce que mon père s'était mis dans la tête de m'enseigner l'heure avec son chronomètre. Et il y avait tellement de secondes, tellement de minutes, tellement de chiffres et d'aiguilles que je m'y perdais dans le déroulement du temps, dans la marche des aiguilles et dans la graduation romaine du cadran. Alors mon père s'énervait. Il gueulait. Il giflait. Il tapait dur. Et plus il gueulait, plus il tapait, moins je comprenais.

Le Kilimandjaro, presque six mille mètres, c'était mythique. Il y avait le petit avion de Hemingway qui tournait au-dessus du cratère. Il virait à hauteur des cathédrales de glace et décrivait un cercle que délimitait la couronne de neiges éternelles. Il y avait une bonne centaine de grimpeurs avec leurs porteurs en haillons qui montaient vers les différents camps. D'autres qui en redescendaient, des victorieux, des vaincus. D'autres encore que les rangers transbahutaient dans des brancards à roulettes.

Il y avait cette végétation couleur crinière de lion, cette odeur de savane qui nous accompagna quelque temps. Et puis, plus haut, palier après palier, la nature se transfigurait. On passait de la frugalité à l'exubérance, de la savane à la forêt, d'une sorte de jungle tropicale à un paysage d'alpages. Et puis, tout à coup, plus rien. La montagne, les hommes étaient comme asphyxiés. Après Kibo-Hut, à quatre mille sept cents mètres, on pataugeait dans la poussière de lave.

A vrai dire j'étais bien trop préoccupé, bien trop en colère, pour prendre plaisir de cette ascension. Je n'avais qu'une hâte : arriver le plus vite possible au sommet et redescendre d'une traite afin de regagner Arusha.

Emporté par la colère mais encore confondu par la bêtise du type qui s'était joué de moi, j'aurais pour un peu déplacé la montagne. Faute d'y parvenir je déménageais mon corps en force. Il semblait que rien ne pût l'arrêter. J'avais la honte en plein cœur et la haine au bout du pied.

Dans mes pas, le bonhomme n'en menait pas large.

D'accord, il s'était excusé. Mais avait-il seulement compris ce que sa maladresse provoquait en moi de révolte et d'amertume ?

Il est temps, je crois, d'expliquer les raisons qui m'ont gâché cette montée et ont gangrené mes pensées jusqu'à la paralysie, comme si elles étaient restées à terre — et même au terre à terre — avec le héros de Hemingway, la jambe pourrie, à regarder, là-haut, tout là-haut, le petit avion tournoyer comme une mouche.

Je me promenais dans une rue d'Arusha quand j'aperçus le plus vieux mendiant du monde, un Masaï de taille impressionnante. Drapé de sa toge rouge sang, il était allongé à même le trottoir et reposait sa main tendue sur une fourche de bois. Les yeux clos, il dormait profondément.

C'était le moment ou jamais de le rendre heureux. Il m'arrive en effet de me défaire de mon argent de poche, juste comme cela, pour procurer un coup de joie à quelqu'un qui ne s'y attend pas. Ça ne pouvait pas mieux tomber. Je venais de changer deux mille francs français chez un ami qui vivait en Tanzanie. Nous devions partir tous les deux le lendemain matin pour le Kilimandjaro. En écrivant ces lignes je me rends compte que le mot « ami » a perdu son sens.

Naturellement, en plaçant mes billets dans la main du vieux Masaï, je ne le savais pas encore.

L'homme ouvrit les yeux. Il palpa et froissa l'argent entre ses doigts. J'eus l'impression qu'il ne comprenait pas ce qui lui arrivait. Et soudain, il étira son long corps et se redressa.

Planté en face de moi, il me regarda longuement de toute sa hauteur. Je ne savais pas ce qu'il me voulait. Peut-être me remerciait-il ? Peut-être trouvait-il la somme exagérée ? Peut-être qu'il ne la méritait pas ? Avec deux mille francs, il pouvait voir venir. En Tanzanie, deux mille francs, c'est un salaire annuel.

Il remua les lèvres et baissa son regard sur les billets. Peut-être me demandait-il de le rassurer ?

Je fis le geste qu'il fallait. Je posai ma main sur la sienne.

Il a compris ce que je lui disais. Les mots n'étaient pas nécessaires.

Alors, brusquement, il a envoyé balader sa fourche et il s'est mis à courir sous les arcades. Un peu plus loin, en traversant l'avenue, il a failli se faire renverser par une voiture. J'ai entendu un crissement de pneus, un bruit de tôle. Mais le vieux en a réchappé. Je l'ai vu se relever, il tenait les billets à bout de bras.

L'histoire aurait dû s'arrêter là. Malheureusement elle eut un prolongement.

Le lendemain matin, j'arrive au parc national du Kilimandjaro. Toutes les ascensions s'organisent et partent de cet endroit. Nous cherchons nos porteurs et ne les trouvons pas. Sans doute ont-ils été engagés par une autre équipe, à meilleur prix. Tant pis, puisque les porteurs nous font défaut, nous monterons sans eux.

Une chance, il y a des magasins dans le parc. J'entre dans une épicerie et j'achète des vivres pour trois jours. Au moment de régler, je sors quelques dollars de ma poche. Un billet de cent shillings s'est égaré parmi eux. Le dernier du lot. Je le tends au patron. Il ne sait comment le prendre, comment le dire : cet argent n'a plus cours en Tanzanie depuis six ans.

Je pense aussitôt au vieux mendiant d'Arusha. Je revois son regard, son hésitation, sa fuite. Alors je comprends et la honte m'envahit.

Je sors du magasin et je me rue sur Jean. Oui, pourquoi pas, appelons-le Jean.

Je hurle :

— Espèce de salaud, tu m'as refilé du pognon qui n'a plus cours depuis six ans. Tu te fous de moi ou quoi ?

L'autre ne se formalise pas. Il arbore un sourire en coin et s'explique :

— J'espère que tu n'as pas cru à une arnaque de ma part. J'ai juste fait un test !

Je lance :

— Un test, bordel ! Quel genre de test ?

Il lâche d'un air satisfait :

— Je voulais savoir comment un Juif se débrouille avec de la fausse monnaie.

C'était tellement inattendu, tellement énorme, que je ne sus quoi répondre. Ça relevait d'un antisémitisme si primaire que rien, jamais, ne le ferait changer d'opinion sur les Juifs.

Le salopard ! D'un coup, il venait de m'assassiner le Kilimandjaro.

Je risquai quand même :

— Tu veux que je te dise ce que j'ai fait de ton argent ? Dis, tu veux vraiment savoir comment le Juif s'est débrouillé et ce qu'il a acheté avec ?

Il me regarda drôlement. C'était sûr, j'allais l'étonner.

Je poursuivis :

— Le Juif a donné tout son fric à un mendiant. Tout, tu entends ! Tout, sauf ce billet qui me restait.

Surpris, il demanda :

— Alors tu savais qu'ils ne valaient plus rien ?

— Mais non, je ne le savais pas. Le Juif voulait faire un vrai cadeau, mon vieux. Le Juif voulait illuminer les derniers jours d'un pauvre vieux Masaï ! Le Juif voulait qu'il retourne dans son village, qu'il y achète un buffle.

J'ajoutai en criant :

— Ça t'épate, hein, espèce de grand con !

Le grand con accusa le coup et s'excusa. Ça ne lui était peut-être jamais arrivé. Il dit :

— J'ai tes deux mille francs dans mon sac à dos, j'avais l'intention de te les rendre ce matin.

J'étais consterné. Je dis :

— Ecoute, on va grimper en quatrième vitesse et redescendre encore plus vite. J'ai hâte de retrouver le vieux, hâte de me racheter, hâte de lui remettre cet argent en mains propres.

Ça l'avait drôlement mouché. Maintenant je devais encore lui prouver qu'un Juif de cinquante-quatre ans, ou cinquante-cinq, ou cinquante-six ans, surtout ne me demandez pas mon âge, était capable de le battre sur son propre terrain. Arriver au sommet le premier, c'était mieux que de lui casser la gueule. Ça faisait mal à la vanité.

Parvenu tout en haut, je levai le poing en signe

75

de victoire. C'était stupide, instinctif, beau et con à la fois.

Le petit avion de Hemingway tournait toujours. Il battit des ailes et s'éloigna.

Deux jours plus tard, j'étais de nouveau à Arusha. Je convertis mes francs en shillings. Cela faisait un impressionnant paquet de billets.

Le vieux mendiant occupait le même coin de trottoir et se tenait dans la même position.

Le bras droit appuyé sur la fourche de son bâton, on aurait dit qu'il m'attendait.

Le cœur battant, je restai un moment interdit, puis je déposai la liasse dans sa main. Dans le même instant, il referma ses doigts et ouvrit les yeux. Il me regarda et me reconnut. Il étira son long corps et se redressa. Il semblait indécis, contrarié. Peut-être qu'il m'en voulait d'être revenu ? Peut-être qu'il se méfiait ? Qu'il n'y croyait pas ? Qu'il craignait un piège ? Peut-être trouvait-il la somme trop énorme ?

Alors je fis le geste qui rassure. Je posai ma main sur la sienne.

Brusquement, il envoya balader sa fourche et détala sous les arcades.

Un peu plus loin en traversant l'avenue, il faillit se faire renverser. J'entendis un crissement de pneus, un bruit de tôle. Et puis j'ai vu le vieux qui se relevait. Il tenait les billets à bout de bras.

Il courait.

Bientôt il disparut au loin.

Les jours suivants, le vieux n'était plus sous les

arcades. Personne ne l'avait revu. Peut-être était-il retourné au pays. J'aimais bien l'idée. De l'imaginer derrière son troupeau de buffles avec sa calebasse pleine de sang et de lait.

10

Los Angeles : où est le dog ?

J'ai dit précédemment combien j'étais fâché avec l'heure, avec le temps, avec mon âge et les chiffres. Je vous ai averti : ne me demandez jamais l'heure, ni le jour, ni mon âge. Ne me demandez jamais de calculer quoi que ce soit : ni la distance sur une carte routière, ni ma direction sur une carte d'état-major. Tout ce qui est chiffre et échelle de valeur, tout ce qui nécessite une opération mentale en rapport avec l'arithmétique, la latitude, la longitude, m'est étranger.

Dès lors on aura le droit de se demander comment j'ai fait pour traverser des déserts. Comment je m'y suis trouvé et retrouvé. Comment ai-je réussi à en revenir ? On peut également se demander si j'ai réellement traversé ces déserts au propre. Si j'ai vraiment parcouru le monde autrement qu'au figuré. Bref, on peut penser que je suis un bluffeur, un voyageur imaginaire, un marcheur d'occasion, un marchand de poussière et de poudre aux yeux.

Mais ce n'est pas tout. Je vous ai raconté plus haut mes difficultés à maîtriser les chiffres et à manier les instruments qui s'y rapportent : la montre, la boussole, le sextant, le compas. Je n'ai pas encore essayé le GPS, mais pourquoi devrais-je absolument connaître ma position physique à quelques centimètres près ? J'ai une position sociale, politique, humanitaire, morale, familiale. Une position face à toute chose qui nécessite de prendre position.

Mais revenons à mes manques : les fautes d'orthographe, les mots déformés, certains carrément imprononçables. Je tiens de ma grand-mère Anna cette infirmité de la diction, cette impossibilité à mettre en ordre les syllabes autrement que dans mon désordre. Bien sûr, avec le temps, je suis parvenu à me corriger. Ou du moins à le croire. Il reste en moi, je pense, quelques blessures de l'enfance. Et ces blessures mal cicatrisées sont devenues des débarras, des cache-misère. J'y ai fourré dedans un peu de tout pour faire joli et illusion, mais bien des choses sont restées dehors. Et parmi celles-ci, l'anglais. Mais oui, la langue anglaise que je n'ai jamais pu apprendre. Là encore on est en droit de se poser la question : comment ce type a pu bourlinguer plus de cinquante ans dans le monde entier sans parler un mot d'anglais ? Ou plutôt en n'en connaissant que deux : « I love you » et « I am hungry ». Eh bien oui, j'ai fait plusieurs fois l'intérieur et le tour du monde en ne disant que « je t'aime » et « j'ai faim ».

Il y a longtemps (mais ne me demandez pas quand) j'ai débarqué à Hollywood. J'avais vu *Sunset Boulevard* avec Gloria Swanson et Erich von Stroheim. Et je tenais absolument à me loger sur ce fameux boulevard. Je ne me doutais pas alors qu'il était si long et si divers. En effet, du numéro zéro à celui de l'infini, on passait d'un monde à l'autre, d'une race à une autre race, sans parler de classes sociales qui s'y étageaient de quartiers populaires en quartiers résidentiels.

Ne me demandez pas à quel numéro j'habitais : au 2008 ? ou au 3700 ? Je ne saurais vous le dire. Disons que j'étais sur la gauche en remontant vers ce qu'il y avait de mieux. Je louais une chambre et une cuisine au rez-de-chaussée dans ce qu'il y avait de moins bien. Je donnais directement sur Sunset Boulevard et ça me suffisait. Non loin de ma chambre il y avait un super-marché, quelque chose de tout nouveau pour moi. En France, on ne connaissait pas encore les Carrefour et les Leclerc. Et cette grande surface m'émerveillait. Elle regorgeait de tout ce que j'avais manqué depuis des années. Elle était pleine de toutes mes envies, de toutes mes faims, de tous mes estomacs tombés dans les talons.

J'allais m'y approvisionner tous les deux ou trois jours. Grand amateur de corned-beef, j'y trouvais un choix considérable. Il y en avait de toutes sortes, de toutes marques et à tous les prix.

Plutôt fauché, je me régalais des moins chers. La peur de manquer, la crainte d'une rupture de stock, j'en avais plein mon frigo, plein mes placards.

De temps en temps je commandais un taxi pour me rendre aux studios de la Fox. Yves Montand y tournait *Le Milliardaire* avec Marilyn Monroe. Non loin d'eux, entre les chevaux de bois qui pompaient le pétrole du sous-sol, Alan Ladd, monté sur un praticable, embras-sait je ne sais plus quelle actrice. C'était un faux baiser de cinéma donné dans le creux du menton. Chez Montand et chez Marilyn, il s'agissait de vrais French kisses. Mais Montand n'appréciait pas que Marilyn se désinfecte la bouche avant et après. L'haleine fraîche, ça n'était pas le truc de Montand. Il aimait les femmes, il aimait la vie. Il aimait d'ailleurs certainement le corned-beef, le « singe » comme on disait à l'armée. Et je ne sais pas ce qui m'a poussé à l'inviter chez moi. Je ne sais pas non plus pourquoi il a accepté. Peut-être à cause du *Rat d'Amérique* qui venait de paraître. Peut-être à cause d'Aragon et de mes chroniques dans *Les Lettres françaises* ? Toujours est-il que je me suis retrouvé à l'arrière d'une Lincoln Continental aux vitres fumées avec Yves à mes côtés et un chauffeur noir au volant.

A peine Montand était-il entré chez moi qu'il regarda de tous les côtés comme s'il cherchait quelque chose. Je pensais à une mauvaise odeur, à une souris qui se serait faufilée entre nos jambes.

Il s'avança jusqu'à la cuisine, jeta un œil sur les boîtes vides qui jonchaient la table et demanda tout à coup :

— Il est où, ton clébard ?

En un éclair, la vérité me sauta au visage. Je me nourrissais donc de « Canichou » depuis mon arrivée à Los Angeles.

Je rougis jusqu'aux oreilles et répondis :

— Oh, mon dog il est chez le voisin !

Son commentaire m'acheva :

— Tu as de la chance parce que, tu sais, les miens, ils ne boufferaient jamais une saloperie pareille...

11

Hollywood : le camembert qui tue

C'était à la même époque sur Sunset Boulevard à Los Angeles. J'avais été pris d'une envie de fromage, quelque chose d'impétueux, d'incontrôlable. Peut-être était-ce une nostalgie de Normandie ? Ou bien alors la manifestation aiguë d'une décalcification osseuse ? Toujours est-il qu'après avoir visité les rayons de plusieurs supermarchés, je tombai sur un camembert suédois. L'animal était plastifié de partout, si bien qu'une fois arrivé dans mon motel, je dus m'y reprendre à plusieurs reprises pour le dépiauter. Et là, soudain, l'abominable ! il se dégagea de la boîte une effroyable odeur d'ammoniaque. C'était tout le camembert qui se présentait sous une forme liquide, un aspect coulant, comme une sorte de lave blanchâtre et pestilentielle.

Affolé, je ne sus comment m'en débarrasser. Non seulement il était immangeable mais il était dérangeant, insupportablement présent. Comment le jeter ? Où le planquer ? Je ne possédais ni frigo ni congélateur, juste un placard. J'eus beau enrouler le camembert suédois dans des kilos et des kilos de papier journal, rien n'y fit, il sentait toujours aussi fort. Et même de plus en plus, comme s'il se bonifiait à l'air libre. Atroce ! J'attendis le soir toutes fenêtres ouvertes. Enfin, à la nuit noire, je sortis sur Sunset Boulevard avec mon camembert sous le bras. Il n'y avait pas d'autre piéton que moi. Tout le monde roulait en automobile. Des centaines, des milliers de voitures qui se croisaient et semblaient m'observer. Je n'osais déposer mon paquet. Pas une poubelle, aucun endroit sombre. Découragé, je m'engageai dans une rue latérale. Au bout d'un moment tout devint plus calme, plus simple. Rien que de splendides propriétés toutes blanches. Les unes occupées, les autres inhabitées. J'avisai une demeure de style colonial où tout paraissait dormir. Il y régnait une atmosphère de sereine éternité.

Certain de ne pas être vu, je pris de l'élan et lançai mon colis. Malheureux ! Qu'avais-je fait ? Fini la sérénité. En moins de temps qu'il ne le faut pour le dire, deux flics se précipitaient sur moi et m'immobilisaient. L'un me mit le revolver sur la tempe. L'autre, avec mille précautions, retourna le paquet du bout du pied et se pencha pour l'ouvrir. Soudain je l'entendis jurer. Il en avait plein les doigts, plein le nez, plein la tête.

Moi, avec le peu d'anglais que je possédais, je dus expliquer mon geste, trouver les mots justes, une raison plausible. Comme je n'arrivais pas à me faire comprendre, les flics s'énervèrent et finirent par me lâcher.

Le comble, c'est qu'ils m'ont rendu le camembert...

En 1961, je n'écrivais pas encore de chansons. Montand en demanda quelques années plus tard. Je n'étais pas très chaud, je me méfiais de son côté perfectionniste. Moi, je ne savais — et je ne sais toujours pas — faire un texte au carré, équilibrer ma phrase à un pied près. Dans la chanson, c'est comme dans la marche : le fond donne le souffle, le pied donne le rythme.

Je me suis rendu plusieurs fois place Dauphine pour écouter les mélodies de Bob Castella, l'un des compositeurs de Montand. Yves ne s'en mêlait pas. Dès que j'arrivais, il disparaissait. Il faisait confiance à Castella. Celui-ci s'installait au piano et me jouait ses dernières créations. De temps à autre, pour l'exemple, il fredonnait des monstres sur le refrain, des mots, des onomatopées. Chez les chanteurs on appelle cela du yaourt.

Castella, c'était un pro, un vieux de la vieille qui se reposait sur les anciens succès. Sa technique, son habileté faisaient oublier le talent un peu fané.

Je ne savais pas au juste ce que Castella attendait de notre collaboration, mais elle tourna court quand il s'aperçut que je n'y connaissais rien. Pire, je n'avais même pas la mémoire mélodique. J'eus beau m'appliquer sur ses yaourts et faire rentrer au mieux mes paroles dans le corset musical qu'il m'imposait, rien ne colla. Ni le thème ni l'esprit.

On laissa passer quelques mois. J'eus le temps de retourner en URSS au volant d'une DS. C'était une voiture qui respirait quand le conducteur étouffait.

D'URSS, je revins sur les genoux. A force de

chercher des restaurants où il n'était pas nécessaire de faire la queue, établissements introuvables, j'avais laissé ma graisse le long de la Neva et de la Moskova.

Je rêvais de steak-frites, de pot-au-feu, de ris de veau, de cassoulet, de choucroute, de blanquette, de tout ce qu'en France nous savions faire.

En France pourtant, la gastronomie ne régnait pas au zénith. C'était l'époque des poulets aux hormones et de la restauration Jacques Borel, le temps où les éleveurs troquaient le trèfle et la luzerne contre la seringue aux implants. Le temps des farines et des granulés, du chimique et de l'agroalimentaire. Le temps où se préparaient le surgelé et le nucléaire.

Alors, tout en me régalant les yeux fermés, je me suis mis à cracher dans la soupe. J'ai ébauché « France, ma France » et je l'ai envoyée place Dauphine. Montand ne m'en a jamais parlé.

Aujourd'hui, en me relisant, le texte ne me paraît pas démodé. Il y manque bien sûr la radioactivité et la dioxine, la vache folle et la grippe du poulet, le sang contaminé et la transgénétique.

France, ma France
Ton bon goût fout le camp
Remets donc du fumier dans tes champs
Laisse tomber tes nitrates, tes implants
Tes désherbants, tes défoliants
Refais-nous des tripes à la mode de Caen
Des paupiettes de veau et des rillettes du Mans
Du vrai picrate qui noircit pas les dents
Refais-nous tout cela comme avant
Oui, comme avant

Sans colorant et sans chimique
Comme quand le paysan mâchait sa chique.

France, ma France
Ne fais pas comme les grands couturiers
Ne nous donne pas du prêt-à-manger
Ne m'envoie pas casser la croûte
A cent à l'heure au restoroute
Prends ton temps, ma vieille, prends ton temps
Tu as voulu brûler les étapes
Mais nos estomacs se décapent
Refais-nous tout cela comme avant
Oui, comme avant
Sans colorant et sans chimique
Comme quand le paysan mâchait sa chique.

France, ma France
Remets donc tes cochons dans la boue
Laisse tomber tes élevages en batteries
Remonte donc tes vaches dans les alpages
Ne pousse plus la terre à bout
Supprime-nous les hormones, les dopages
Redeviens, du bon goût, la patrie
Refais-nous du vrai beurre, du fromage
Refais-nous tout cela comme avant
Oui, comme avant
Sans colorant et sans chimique
Comme quand le paysan mâchait sa chique.

France, ma France
Ton bon goût fout le camp
Laisse donc un peu de mettre sous vide

86

Et d'attendrir tes viandes livides
Ta ratatouille a mauvaise bouille
Ta mayonnaise en tube se rouille
Ton coq au vin n'est plus gaulois
Ta poule au pot ferait honte au roi.
Refais-nous tout cela comme avant
Oui, comme avant
Sans colorant et sans chimique
Comme quand le paysan mâchait sa chique.

France, ma France
Ton bon goût fout le camp
Tu nous mets du dégoût dans les champs
Tu nous mets du poison sous la dent
Laisse tomber tes engrais, tes implants
Reviens donc aux valeurs du passé
Quand la terre n'était pas maltraitée
Quand le blé n'était pas androgyne
Quand la ferme n'était pas une usine.
Refais-nous tout cela comme avant
Oui, comme avant
Sans colorant et sans chimique
Comme quand le paysan mâchait sa chique.

Comme Montand ne me donnait pas de réponse, j'ai passé la chanson à Jacques Dutronc. Nous étions, je crois, en 1966, peut-être en 1967 ? A l'époque il empilait les tubes. J'y étais pour quelque chose.

Jacques ne m'a pas dit ce qu'il en pensait. Il préféra prendre un autre texte de moi qui racontait la France défigurée.

Les radios, le public n'ont pas aimé...

12

La chèvre du Sinaï

C'était il y a une dizaine d'années. J'allais à pied de Jérusalem au mont Sinaï. Une expédition quasiment punitive à travers la Judée, la mer Morte, le Néguev, le Sinaï. Sans oublier le golfe de Suez.

Trois mille ans après lui, je faisais le voyage de Moïse à l'envers. Une marche mystique et mythique qui me valut bien des bonheurs, bien des illuminations, mais aussi pas mal de désagréments, à commencer par toutes les parties, l'israélienne, l'égyptienne, l'onusienne, qui tentaient de me faire renoncer. Je dus sortir cent fois mes papiers, mes autorisations. Je dus prendre des chemins détournés, jouer au chat et à la souris, affronter des méchants, des idiots, des obtus, jusqu'à pactiser avec des traîtres et me retrouver, au secret, du côté d'El-Arich. Cela pour comprendre qu'il n'est pas plus facile aujourd'hui qu'hier d'aller à travers des régions qui n'en finiront jamais de se disputer la terre et les cieux.

Des tracas, des bâtons dans les roues, mais aussi des ampoules, les plantes des pieds éclatées, la chaleur, la soif. Et la faim. Une faim de loup. Une envie terrible de viande fraîche. L'histoire commence vraiment ici, au cœur du Sinaï, dans une oasis où j'achète pour cinquante dollars une chèvre à son berger. C'était une magnifique petite bête, toute noire avec de grands yeux innocents. L'une de ces chèvres bibliques qui suivaient déjà le peuple hébreu à sa sortie d'Egypte.

Les deux farouches Bédouins qui m'accompagnaient ne la voyaient pas de cet œil-là. Biblique ou pas, elle serait égorgée dans la soirée, au campement. Ils l'avaient ficelée sur un chameau pour éviter qu'elle nous retarde. Et en avant marche ! Ballottée, la pauvre bête me faisait pitié. Elle bêlait à m'en rendre coupable. Un nourrisson arraché à sa mère ne m'aurait pas ému davantage.

Parvenu au bivouac, je m'opposai à son exécution. Je prétextai la fatigue, le manque d'appétit. Déçus, bougons, les Bédouins finirent par s'endormir et ne tardèrent pas à ronfler. Moi, rongé par le remords, je décidai de revenir sur mes pas et de ramener la chèvre à son troupeau. Dix-huit kilomètres de caillasse à parcourir au clair de lune, soit quatre heures aller et autant pour revenir.

Complice, heureuse, la chevrette me suivait en silence. Elle marchait à ma hauteur, elle me léchait les mains, venait se frotter contre mes jambes.

Enfin parvenu auprès du troupeau que les chiens affolaient, je hélai le berger et lui expliquai que je lui rendais sa chèvre en lui laissant mon argent. Et là, soudain, l'incompréhension surgit de la nuit comme un fantôme. Un fantôme avec ses principes et ses rituels. Avec la peur qui s'installe, la crainte qu'il suscite. D'un côté, ce berger de l'âge de pierre qui ne pouvait comprendre mon geste, de l'autre, cette chèvre stupide qui refusait obstinément de rester parmi les siens.

Rien n'y fit. Ni la douceur, ni les jets de pierres, ni mes prières. Elle m'adoptait pour le pire comme pour le meilleur. Je l'avais achetée, alors elle en voulait pour son argent. J'étais son maître. Elle était mon esclave. Docile, soumise, elle fit le retour en traînant derrière moi. A plusieurs reprises j'essayai de la chasser, de la perdre. Rien à faire. Elle était toujours quelque part sous un rayon de lune. Toujours là, silencieuse, à me regarder de ses grands yeux tendres.

Je fus de retour au campement huit heures après en être furtivement parti. Les Bédouins ne s'étaient pas aperçus de mon absence. Eux non plus n'auraient pas compris. C'était mieux ainsi. Plus normal. Plus viril. Ils ronflaient paisiblement.

Epuisé, je ne tardai pas à m'endormir. Hélas, à mon réveil, je sus que le pire était arrivé. Une peau de bête séchait au soleil levant...

13

Bornéo : la porte romantique

Je venais du pays toradja où j'avais marché avec les morts bien au-delà de Rantepao, mais pas encore, heureusement, sur les chemins célestes de l'au-delà. En pays toradja les morts continuent à vivre parmi les vivants. Viscères prélevés, nettoyé de l'intérieur, le cadavre gît sur un lit de bois à l'intérieur de la maison. Quelquefois il repose dans sa chambre. Quelquefois dans la salle commune, comme un maître de maison ou l'enfant de la famille. Il est nourri, choyé, respecté.

Quand le moment des funérailles approche, plusieurs mois après le décès, on organise la fête, on prépare la cérémonie, on lance des invitations à tous les parents, aux amis. D'île en île, ils vont tous venir : de Java, Sumatra, Bornéo, Comodo et Bali. Il y aura les voyages à payer, le logement et les repas à prévoir, les boissons, le vin de palme. Il y aura surtout le sacrifice des buffles blancs, l'égorgement, une orgie sanglante à laquelle participe chacun des convives. Tout cela coûte très cher, trop cher pour une seule famille déjà endettée chez les usuriers spécialisés dans la pompe funèbre. Alors on s'arrange avec les voisins, on conserve son mort le temps qu'il faut à d'autres malades pour trépasser à leur tour. Lorsque le village compte suffisamment de cadavres, on décide d'une date avec le chaman. On consulte les esprits, les ancêtres. On scrute le ciel au fond des yeux. On tient compte de la forme des nuages, de la position des étoiles, de la brillance de la Voie lactée. On prend avis de la force du vent, du débit des torrents, du roulement du tonnerre. On jette du riz à terre, on examine la disposition des grains. Il y a là, chez les Toradja, comme chez les autres peuples de la jungle, toute une science de la cosmogonie, une panoplie de croyances et de superstitions qui viennent du fond des âges, du fin fond de l'humanité. L'homme ne s'est pas mis debout par hasard. S'il s'est dressé un jour sur ses pattes, c'était pour mieux voir le ciel. Et depuis, le ciel n'a cessé de lui commander des choses impossibles.

Bref, chez les Toradja on conjure les forces du mal en les amadouant. Et comme Jésus et sa sainte Eglise sont venus se mêler, ici, de ce qui ne les regardait pas, les chamans font avec les curés. Et les curés font avec le sang du Christ et le sang des buffles.

En réalité, le Christ est dépassé. Alors il laisse faire. Tout juste accompagne-t-il les dépouilles d'un air condescendant vers leur dernière demeure : une grotte à flanc de montagne, une anfractuosité de rocher que gardera et protégera l'effigie des nouveaux occupants.

Il y a trente ou quarante ans, on apercevait encore des armées de fantômes polychromés à l'entrée des cavernes. Aujourd'hui ces gardiens de l'éternité ont été arrachés à leur sol et au temps. On peut en voir chez les antiquaires de la Rive gauche, dans quelques salons parisiens, londoniens, new-yorkais. C'est que l'effigie des morts a un marché, une cote que les pilleurs et les revendeurs entretiennent à Drouot comme chez Sotheby et chez Christie.

Laissons donc les chamans toradja faire plus ou moins bon ménage avec le Christ dans la nef des églises et les maisons-bateaux, une architecture extravagante — et même extra-voguante — qui tiendrait sa singulière spécificité de la lointaine origine maritime de ce peuple des montagnes. Certes, on prête beaucoup de légendes à ces maisons toradja. On les dit vaisseaux lunaires, barques solaires, arches rescapées du Déluge !

Pourquoi faut-il toujours attribuer des sources surnaturelles à ce qui ne s'explique pas au premier regard ? Il n'y a pourtant pas meilleur créateur du surnaturel, pas plus astucieux constructeur de l'esprit que l'homme. Qu'il se contente d'une hutte ou qu'il dispose d'un bureau à la cime de l'Empire State Building, qu'il sacrifie aux rites vaudous ou à ceux du Vatican — et parfois même aux deux —, qu'il se nomme Léonard de Vinci, Alexandre le Grand, Gengis Khan, Einstein, Hitler, ou tout simplement Dupont, il nous a montré et même démontré l'étendue de son génie créateur et de son génie dévastateur.

J'aimerais bien que l'on me dise pourquoi les Toradja des Célèbes n'auraient pas construit, eux-mêmes, d'après leur idée, leur maison en forme de bateau, puisque les bateaux, qu'ils soient chalands, chalutiers, cargos ou paquebots, ne sont jamais que des maisons flottantes.

93

Il suffit parfois d'un seul homme pour changer tous les hommes. D'une seule invention pour modifier nos habitudes. Alors il me plaît de penser qu'il y a eu un Toradja pour concevoir sa maison, comme il y a eu un Américain pour ériger son premier building à Manhattan. Les autres ont aimé, et ils ont suivi. Il me plaît de penser que les promoteurs de ces zones pavillonnaires qui défigurent les villages de France auraient tout de même mieux fait de s'inspirer des maisons toradja. Ou alors de donner à ces constructions de parpaings un côté meule de foin, chariot de paille, une allure aérienne. Là, en découvrant ces F1, ces F2, ces F3 — et à supposer qu'ils soient encore debout dans quelques siècles —, il est certain que nul ethnologue, nul anthropologue ne verra de mystère ni de symbolique là où il n'y a que mesquinerie et médiocrité. Moi, aujourd'hui, j'y vois une injure contre nature, un siège du laid autour du beau, une victoire de l'éphémère sur l'intemporel.

On devrait, je crois, avoir le droit de poursuivre en justice des architectes comme Le Corbusier et Perret. A Marseille, mais encore pire, au Cachemire, à Srinagar, il y a eu crime contre l'humanité. Passe encore pour la « maison du fada », mais à Srinagar c'est toute la ville qui est folle et qu'il faudrait jeter. C'est tous les habitants qui sont malades de leur environnement et qu'il faudrait soigner. Et que dire du Havre, cité martyre deux fois détruite ? Une première fois par les forteresses volantes américaines. Une seconde fois par la vision catastrophique de son architecte qui préférait le béton aux hommes.

Oh, mais que je me suis éloigné des Toradja. Oh,

comme ces digressions m'ont entraîné sur d'autres chemins que celui où je vais maintenant vous emmener.

J'ai dit en commençant cette nouvelle que j'arrivais du pays toradja. En quelques jours de navigation j'étais passé de Sulawesi à Bornéo. Je ne vous décrirai pas Balikpapan, la capitale indonésienne de l'île. C'est un port, un port de béton où les marins ne pissent pas debout en regardant les filles. A Balikpapan, il n'y a ni marins ni filles ni pisse ni crachats ni rien qui ressemble à la vie. C'est un port artificiel, une tête de pont pour pétroliers où des techniciens de toutes nationalités forent des trous et remplissent leurs tire-lires de ce que les multinationales veulent bien leur laisser. De cette ville de rien j'avais gagné l'embouchure de la Mahakam, un fleuve qui prend sa source au pays des Dayaks et sur lequel on peut naviguer jusqu'au cœur de l'île.

Large et tumultueuse sur les trois quarts de son lit, la Mahakam charrie les arbres morts et toutes sortes de déchets qui viennent de la jungle. On y croise aussi des radeaux d'arbres fraîchement tronçonnés, attachés les uns aux autres et livrés aux caprices du courant.

Boueux, jaunâtres, les flots pullulent de poissons bizarres, de serpents rares, de bestioles monstrueuses et venimeuses. Toute une faune molle et visqueuse qu'il ne fait pas bon rencontrer. Et puis, il y a des varans encore plus gros qu'à Comodo, de ces créatures préhistoriques qui tirent des langues longues comme des lances et vous happent en moins de deux.

En longeant la rive on aborde un monde plus coloré et plus chaud, j'allais dire plus humain. On a parfois la chance d'apercevoir un couple de jeunes orangs-outans ou bien alors un vieux mâle solitaire qui fait retraite, suspendu par les bras.

La jungle n'arrête pas de crier. Quand ça n'est pas les singes, ce sont les oiseaux, toutes sortes d'êtres ailés et poilus qui nous dénoncent d'arbre en arbre au fur et à mesure de notre avancée.

Quand on y met les pieds, c'est toute la jungle qui s'affole, qui prévient, qui détale. Il n'y a que les serpents pour se lover dans quelque branche ou excavation, prêts à bondir et à attaquer.

Sur le quart de son lit, une fois passée la petite ville de Long-Hiram, le fleuve n'est plus praticable autrement qu'en pirogue. Plus loin, il devient marécage, bourbier, cloaque. Il faut atteindre sa source — et même ses sources — pour trouver un peu de pureté dans ce margouillis. Mieux vaut alors lâcher la pirogue et prendre directement la forêt à bras-le-corps. De deux choses l'une : ou bien on a la veine d'apercevoir un carré de cultures sur brûlis, car le sentier qui mène au village n'est pas loin. En jungle tout ce qui n'est pas jungle est de la main de l'homme. En l'homme, tout ce qui n'est pas homme lui vient forcément de la jungle.

Ou bien, s'il n'y a aucune trace humaine autour de soi, pas la moindre piste, alors il faut ouvrir son chemin au coupe-coupe, se coltiner sang et eau avec la forêt.

A force de sabrer, l'épaule à moitié démise, on finit toujours par arriver quelque part.

Je taillais ainsi ma route depuis des heures dans cette forêt bornéenne dont on me dit aujourd'hui qu'elle n'est plus, qu'elle a brûlé et fumé pendant des mois, quand je débouchai sur une clairière. Une clairière, en jungle, c'est un rectangle où tout ce qui s'y trouvait a été défriché et coupé à hauteur d'homme.

Qu'ils soient amazoniens, africains ou asiatiques, les peuples de la jungle rechignent à se baisser. Encore davantage à arracher. On abat donc au plus facile, on met le feu au reste et on cultive à même la cendre quand la terre est encore chaude.

A terre quelques outils rudimentaires qui traînaient entre les plants de maïs et de manioc.

Comme personne ne se montrait, je pris l'étroit sentier qui conduisait au village. Tout en allant bon train je me disais que peu de gens étaient passés par là avant moi. En vérité, je n'en savais rien. Ce dont j'étais sûr, c'est qu'aucun bateau, aucun car, aucun engin tout-terrain n'aurait pu se frayer un chemin jusqu'ici. Cela excluait le tourisme de masse qui envahit le Sarawak, la partie malaise de Bornéo. Je me disais donc ceci et bien d'autres choses encore. Je pensais aux Japonais qui avaient occupé l'île, aux Anglais, aux Hollandais qui l'avaient libérée. A tous ces combats de jungle qui s'y étaient déroulés, aux terreurs nocturnes des jeunes recrues, aux blessés dévorés par les fourmis rouges.

Soudain, j'aperçus une main au bout d'un bâton fiché en terre. Mais oui, une main découpée dans du carton, les doigts bien écartés avec un œil grand ouvert dessiné dans la paume.

Prudent, je m'arrêtai et j'attendis. C'est alors que je découvris, non loin de là, un ouvrage de lianes et de bambous. C'était un pont en miniature qui enjambait une rase. Et ce pont qui ressemblait à un jouet d'enfant permettait aux esprits bénéfiques de franchir le fossé sans se mouiller les pieds. Mais depuis quand les esprits ont-ils peur de l'eau ?

De l'autre côté de la rase, fabriqué dans le même matériau, gisait une poupée, un nœud coulant autour de la gorge. C'était peut-être le sort qui attendait les esprits maléfiques, ces djinns et ces démons qui grouillent en jungle comme le cobra et le scolopendre.

Je me suis surpris à frissonner. Je crois aux signes, aux prémonitions. Je respecte les interdits, les tabous. Mais de quoi m'avertissait-on ? S'agissait-il d'une interdiction ou d'une mise en garde ? Je n'étais d'ailleurs pas certain d'être concerné par cette iconographie de forêt. Et bientôt, tandis que je m'efforçais de comprendre, une pluie de fléchettes s'abattit autour de moi. Quelques-unes me sifflèrent aux oreilles. Pour avoir soufflé dans des sarbacanes, en Amazonie, je connaissais bien ce bruit qui déchire l'air. Immédiatement, j'affichai un sourire innocent et agitai mes mains à hauteur de poitrine. Le geste était amical et signifiait : « Ne tirez pas, je me rends ! » Geste et sourire firent leur effet. De derrière leur camouflage de branchages sortirent une dizaine d'hommes, sarbacane à la bouche, arc à l'épaule. Ils étaient torse nu, tatoués, peinturlurés, vêtus d'un pagne en tissu, une sorte de mini-sarong serré à la taille par la ceinture de leur carquois.

Je n'eus pas besoin de les rassurer davantage. Ils s'approchèrent, me touchèrent, me questionnèrent.

L'instant était fait de grâce et de crainte. Il me fallait écouter, deviner, interpréter. En jungle, le silence n'est jamais une réponse. Les Dayaks croient aux mots qui sortent de la bouche. Alors, le plus naturellement du monde, en français, dans ma langue, je lâchai mes mots. J'expliquai ma présence dans leur forêt. En jungle ça ne sert à rien de parler petit-nègre. Il faut parler vrai. En revanche, la mimique, la grimace, l'étonnement, l'acquiescement, le refus ; tout ce dont nos traits portent d'éloquence et d'inscription, de persuasion et de véhémence, doit jouer sur les mots, ne serait-ce que pour leur donner un sens.

Cette fois la discussion dura longtemps. Je dus expliquer d'où je venais et pour quoi faire. Où était mon pays ? Qui étaient mon père et ma mère ? Quel était mon âge ? Mon nom de lune ? Mon nom de pluie et de soleil ? Quel genre d'esprit m'habitait ? Avais-je affaire aux forces du mal ? Ou étais-je protégé par mes ancêtres ?

J'avais répondu de mon mieux à chacune de ces questions sans être vraiment sûr de leur sens comme de leur contenu. Peut-être me demandait-on tout autre chose. L'important était de choisir son thème et de s'y tenir. Ainsi la conversation prenait une certaine cohérence. Il faut croire que je fus entendu car, au bout d'un moment, les guerriers se retirèrent et tinrent conciliabule. L'un d'eux, mal en point, n'arrêtait pas de vomir. Un autre montrait tant de faiblesse qu'il ne put rester debout et s'accroupit. Il se frappait le ventre comme pour le punir de se vider. Je me doutais bien qu'il se passait quelque chose de grave au village puisqu'on m'en interdisait l'accès. Je n'imaginais pas l'étendue du désastre. En réalité, l'épidémie de choléra ravageait toute la région.

Quand les guerriers revinrent vers moi, aussi indécis

qu'auparavant, j'eus l'idée de leur montrer ma trousse à médicaments. L'aspirine dont ils connaissaient le pouvoir m'ouvrit enfin le passage...

C'était un village de boue aux longues cases montées sur pilotis. On battait le tambour de bois devant chacune d'elles pour effrayer les mauvais génies qui propageaient la maladie.

De vieilles femmes aux oreilles étirées entretenaient les brasiers sous les chaudrons. On y faisait bouillir l'eau de la rivière que chacun venait puiser parcimonieusement pour laver les déjections et nettoyer le visage des gens les plus atteints.

Chaque case avait ses malades qui agonisaient sur leurs nattes. Parmi eux des sorciers en transe menaient une danse effrénée pour chasser les démons. Régulièrement ils cessaient leurs trépidations et s'allongeaient, peau à peau, sur les grabataires. Là, avec le corps et les mains, avec des roulades et des massages, des incantations et des manipulations, ils extrayaient le mal. Et parfois le mal passait aussitôt en eux ou ailleurs. Le mal virevoltait un instant dans l'habitation et réintégrait aussitôt d'autres carcasses.

Suivi par l'un des guerriers qui m'avaient interpellé dans la forêt, j'allai de maison en maison et distribuai mes cachets d'aspirine aux plus fiévreux. Bientôt nombre d'entre eux furent apaisés. Ce n'était qu'un bref répit, une pause momentanée.

Dans la soirée, tambours et chamans se déplacèrent et investirent une autre case à l'extrémité du village. Il s'agissait d'une petite maison individuelle en terre battue. A l'intérieur de l'unique pièce une frêle et jolie jeune fille grelottait sur sa natte. Elle avait les lèvres toutes blanches et de grands yeux noirs qui cillaient comme les ailes d'un papillon. Mâchoire crispée, la jeune fille raidissait son corps. On voyait les muscles se ramasser en boule sous l'emprise de la tétanie. Les yeux noirs battaient à toute vitesse. Le regard virevoltait lui aussi. Il allait d'une personne à l'autre. Il dévisageait et repartait aussitôt. Sans doute butinait-il déjà quelque calice dans un champ de ténèbres.

Il me sembla que tous les tambours du pays étaient rassemblés autour de cette maison. Ça jouait un hymne à la vie fait de fureur et de saccades. Pris par la cadence, les gens laissaient aller leurs corps et s'abandonnaient, farouches, sauvages, au tempo de la rythmique.

Bourrée à craquer, soumise aux trépidations des danseurs, la maison de la jeune fille palpitait comme un cœur emballé. En plus des tambours de bois aux sonorités caverneuses qui barattaient l'air jusqu'à l'épaissir, deux des meilleurs sorciers s'affairaient auprès de la jeune fille. A tour de rôle ils se couchaient sur le corps nu et l'épousaient de leur propre carrure. Peu à peu, chair contre chair, ils pompaient le mal et le rejetaient en eau par les pores. Ça coulait de partout, du front, du cou, du poitrail.

Pressé par la foule, je m'étais réfugié dans un coin de la pièce à côté de mon guerrier. Celui-ci m'accompagnait partout. J'étais sa chose, son étranger. Il ne me surveillait pas. Il me veillait. De temps à autre nous échangions un sourire, un grognement. Nous ne pouvions en dire plus tellement les tambours nous assourdissaient. Et que dire d'autre ? Comment lui raconter que quelques années auparavant j'avais vu ses frères sur le continent américain ? Des frères de mêmes traits, de mêmes caractères, de mêmes flèches, de même physique, de mêmes forêts, de même climat. Comment le lui apprendre ? Le langage de la jungle ne permet que des échanges primaires. C'est un dialecte animal, un passe-partout sommaire qui n'entrouvre que quelques frondaisons et laisse percer juste ce qu'il faut de lumière pour se reconnaître. Langage animal, ai-je dit ? Oui, bien sûr, mais on peut aussi le qualifier de langage animiste. Il est en effet possible, par gestes et mimiques, d'évoquer la tempête, le soleil, les fleuves, la lune, l'appréhension, la peur, ainsi que les esprits, les dieux qui régissent cet univers exubérant où la putréfaction le partage à la pureté.

Les sorciers, les tambours, l'assistance nous avaient quittés vers le milieu de la nuit. La malade allait mieux. Etait-ce grâce aux chamans ou grâce à mon aspirine ? Difficile de savoir ! La jeune fille reposait calmement, détendue. Les yeux ne battaient plus des ailes. Le regard ne divaguait pas.

Sorciers et tambours s'en étaient allés vers d'autres demeures. On entendait au loin les sons haletants et obsédants des caissons frappés. Il s'y mêlait des chants, des mélopées tristes que réveillaient tout à coup des clameurs enthousiastes quand un miraculé ouvrait l'œil. Et puis, après ce bref feu de joie, la rythmique reprenait, monotone, lancinante.

La fatigue, l'émotion. Je finis par m'endormir dans la maison de la jeune fille. Mon gardien m'avait prêté sa cuisse en guise d'oreiller. De crainte de m'indisposer il était resté des heures adossé au mur sans même ôter son carquois ni se défaire de la sarbacane qu'il tenait encore à la main. Et durant mon sommeil le mal était revenu habiter la jeune fille. Le guerrier l'avait entendue gémir. Il avait écouté les plaintes fuser entre les lèvres blanches. Il avait vu les grands yeux noirs ciller et se remettre à battre la campagne. Il était resté indifférent aux râles, à la souffrance, aux odeurs de ventres ballonnés. Oui, tandis que la mort s'abattait sur sa proie et la terrassait, le guerrier n'avait pas osé bouger. Il était resté des heures avec ma tête sur sa jambe. Des heures à regarder l'âme de la jeune fille qui tournoyait après s'être échappée de son enveloppe charnelle. Peut-être du geste avait-il chassé l'âme, de crainte qu'elle ne vienne m'envahir durant mon sommeil.

Tout s'était passé discrètement, sans tapage.

Quand je me réveillai, la jeune fille n'était plus de ce monde. Les yeux grands ouverts, elle regardait ailleurs. Et le monde, ce matin-là, avait un goût écœurant. Il fichait la nausée, il puait la tristesse.

Dehors, il faisait gris et moite. Des gens pelletaient la boue. Ils creusaient des tombes.

Je me retournai une dernière fois sur la jeune fille et sortis, suivi du guerrier. Comme la porte était restée entrouverte, je revins sur mes pas pour la fermer. C'est alors que je découvris le pendentif en émaux qui s'y accrochait. Il s'agissait d'une plaque ovale sans fioritures particulières dont l'inscription « Romantic Door » (la porte romantique) me parut chargée d'une étonnante force d'évocation.

Cette porte romantique prêtait à bien des interrogations comme à bien des interprétations. Comment cet émail était-il arrivé jusqu'en pays dayak ? De qui la jeune fille le tenait-elle ? Etait-ce le cadeau d'un soldat anglais ? Le gri-gri d'un explorateur ? Le troc d'un marchand ? La jeune fille avait-elle déchiffré les mots ? En connaissait-elle le sens, la signification profonde ? Avait-elle aimé en secret ? S'était-elle déjà déclarée ? Avait-elle connu les affres de la séparation ? L'exaltation des retrouvailles ?

Je restai un moment devant la porte fermée à me faire tout un mystère de ce médaillon. Je n'osais le toucher. Encore moins le détacher. C'eût été sacrilège. C'est alors que mon guerrier qui n'avait montré jusqu'ici aucun état d'âme s'en empara et se le passa autour du cou.

Comme je le regardais, étonné, je vis une larme couler le long de sa joue. Elle creusait un sillon dans le tatouage. D'autres larmes suivirent cette même traînée mordorée.

Je ne pouvais imaginer geste et sentiment plus romantiques. Je m'en voulus d'être passé dans la nuit à côté de la vérité sans m'en apercevoir. Malgré tout, c'était si beau, si inattendu que je repris aussitôt goût à la vie...

A la vie, rien n'est moins sûr. J'ai retrouvé récemment le carnet de route de mon voyage à Bornéo. Les notes que j'y ai lues me font mentir. Celles-ci par exemple :

> *Où que l'on aille, d'où que l'on vienne*
> *Vers la pierraille ou l'obsidienne*
> *De la canaille à son dilemme*
> *De son 16ᵉ ou de Cayenne*

On se retrouve avec soi-même
Avec ses doutes et son teint blême
Face à la mort
Face à la mort
Avec la bride sur le cou
Et le mors entre les dents
Pour partir les pieds devant
Mieux vaut la mort sur le coup.

Suivait l'esquisse d'une seconde chanson. Aujourd'hui, même remaniée, elle me laisse croire que je broyais bien du noir en pays dayak.

Il y a des fois...
Où l'on ne croit plus à rien
A rien pas même à soi.
A rien parce que sans toit
A rien du genre humain
A rien du genre bon Dieu
A tout du genre odieux.

Broyer le noir
Semer l'espoir
Ne plus avoir
Les idées noires
Ne plus se voir
Comme noir d'ébène
Derrière sa benne
Avec sa peine
Ne plus avoir
De dépotoir
Dans sa mémoire.

105

On voudrait parfois...
Se jeter dans une décharge
Brûler comme une ordure
Presser sur la gâchette
Se tuer sans procédure
Et dire une fois pour toutes
Adieu à sa déroute.

Broyer le noir
Semer l'espoir
Ne plus avoir
Les idées noires
Ne plus se voir
Comme noir d'ébène
Derrière sa benne
Avec sa peine
Ne plus avoir
De dépotoir
Dans sa mémoire.

On se dit parfois...
Qu'il n'y a plus rien à faire
Pas même à faire affaire
Pas même à faire semblant
Pas même à faire l'enfant
Pas même à faire la manche
Pas même à faire le manche.

Broyer le noir
Semer l'espoir
Ne plus avoir
Les idées noires

Ne plus se voir
Comme noir d'ébène
Derrière sa benne
Avec sa peine
Ne plus avoir
De dépotoir
Dans sa mémoire.

Il y a des fois...
Où l'on ne croit plus à rien
A rien parce que sans rien
A rien qu'une vie de chien
A rien que du chiendent
A tout d'une rage de dents...

Broyer le noir
Semer l'espoir
Ne plus avoir
Les idées noires
Ne plus se voir
Comme noir d'ébène
Derrière sa benne
Avec sa peine
Ne plus avoir
De dépotoir
Dans sa mémoire.

Il y a des fois...
Où l'on ne croit plus à rien
A rien pas même à soi.
A rien parce que sans toit
A rien du genre humain

A rien du genre bon Dieu
A tout du genre odieux.

Broyer le noir
Semer l'espoir
Broyer le noir
Semer l'espoir
Broyer le noir... (ad lib.)

14

Argentine : a las cinco de las tardes

Buenos Aires, 1951. Imaginez une petite place ombragée bordée d'immeubles et de boutiques. Une place avec ses terrasses de café alignées le long du square. Des chaises vides, quelques arbres. Des consommateurs apeurés qui suivent la scène d'assez loin.

Et toujours cette voix aigrelette tombée du ciel qui s'en prend aux dictateurs du pays : « Evita puta, Peron maricon. » Les mots sont durs et simples, tranchants et imagés.

Echappé d'un appartement voisin, le perroquet, un ara multicolore, s'est réfugié dans un arbre d'où il poursuit inlassablement sa litanie.

Têtes en l'air, revolver au poing, deux carabiniers piétinent la pelouse tandis qu'un troisième s'essaie à grimper aux branches sans y parvenir.

Sourd aux mises en garde des forces de l'ordre, l'oiseau au plumage orange et bleu s'en donne à cœur joie. Il répète à tous vents ce que ses maîtres lui ont appris dans l'intimité feutrée de leur salon bourgeois : « Evita puta, Peron maricon. » Des mots terribles, des mots assassins, des mots qui encourent la peine de mort.

Bientôt la prison, le peloton d'exécution pour les propriétaires de l'animal.

Le policier cale. Il renonce à grimper plus avant. C'est que l'oiseau le fuit avec une facilité déconcertante. Du bec et des pattes il se déplace, moqueur, sur d'autres branches.

Le voici maintenant au faîte de la plus haute. A travers le feuillage on aperçoit seulement la tête, la huppe ébouriffée, les joues zébrées, l'œil malicieux. Et toujours cette phrase, cette voix fluette qui vient narguer les carabiniers.

Peu à peu les gens se rapprochent, les visages sont sérieux, graves. Quiconque se risquerait à rire qu'il serait immédiatement embarqué.

Un policier demande à la ronde :

— Il est à quelqu'un d'entre vous ?

Les gens se regardent. Personne ne répond.

— Vous connaissez ses propriétaires ?

Même chose. Des regards. Le silence.

Le policier s'énerve.

— Ne vous en faites pas, le salaud va le payer cher. Et on va commencer par le papagayo.

Il braque son pistolet sur l'ara et crie :

— Ya basta, calla te. Te voy a matar. Ça suffit, ferme ta gueule, sinon je t'abats.

La réponse est instantanée. Du haut de sa branche, l'oiseau lance :

— Evita puta, Peron maricon...

Un coup de feu claque, suivi d'un second.

Raté.

Un moment assourdi, le perroquet les brave à nouveau.

Ils sont trois maintenant à ajuster leur tir. Le feu est croisé, nourri, fracassant.

Touché, l'ara chute comme une masse et s'écrase à terre.

Il est éventré. Une grosse tache rouge envahit le duvet orange.

Les carabiniers ne sont pas fiers. Penchés sur le perroquet, ils le regardent d'un air imbécile. C'est que le grand oiseau frémit encore. Il étire ses pattes, essaie de se redresser, retombe sur le dos. Là, à l'agonie, les yeux mi-clos, il observe ses tueurs. Et soudain d'une voix brisée, il pousse son dernier cri, quelque chose de rauque, de plaintif. Juste un murmure, un gargouillis mortel : « Evita puta, Peron maricon... »

Ecœuré, je quittai la place. A ma montre, il était cinq heures de l'après-midi.

15

Egypte : « Si je m'en vais »

Lorsque j'ai pensé à « Si je m'en vais », rien n'allait plus pour moi. J'étais au secret dans un bâtiment de la Sécurité égyptienne. En deux jours les flics m'avaient trimballé d'un endroit à l'autre, d'un poste de police à une caserne, d'une caserne dans les locaux ultra-secrets d'un service de renseignement.

On m'interrogeait par à-coups, par bribes. Qu'étais-je venu faire au Sinaï ? Combien de jours de marche ? Avec logistique ? Avec quelles complicités ? Vous veniez d'Israël, de Jérusalem à pied ? Non mais, vous êtes sérieux ?

Ils ne me croyaient pas. Pour les convaincre, j'ai sorti de ma poche une page du journal *Le Monde*. Une page entière pliée en seize morceaux. Ça ne faisait pas bien gros à voir. Le papier était sale et graisseux. Et même un peu déchiré. Une fois déplié, pourtant, on pouvait lire en lettres grasses le titre de l'article qui m'était consacré. Un titre choc : « **Lanzmann, le marcheur fou** ».

Un dessin, au trait de plume, me représentait en casque colonial sous un soleil de plomb. Derrière moi, un dromadaire en colère blatérait. Apparemment l'animal peinait à me suivre.

Les flics ne lisaient pas le français. Ils furent tout de même impressionnés car il s'agissait bien de la même personne, un certain Lanzmann, qui se permettait, une fois la marche terminée, d'affréter un taxi bédouin pour regagner Israël.

Il y eut quelques chuchotements, un répit. Dans une salle voisine, à moins que ce ne fût à l'étage inférieur, j'entendais les hurlements de mon chauffeur auquel on cassait la gueule. L'écho des cris et des coups se répercutait dans tout l'établissement. En réalité, on cassait des gueules et on torturait à tous les étages. C'était presque toujours synchrone, si bien qu'il était difficile de repérer d'où venait le raffut et sur qui on cognait.

Les questions reprirent :

« Etes-vous juif ? Travaillez-vous pour le contre-espionnage israélien ? Quelle est votre formation scientifique ? Vos spécificités ? Combien de séjours avez-vous effectués en Israël ? Avez-vous participé à la guerre de 1948 ? A celle des Six Jours ? A celle de 73 ? »

Ils avaient tout à fait raison. Ils questionnaient à bon escient. Rien n'empêche un marcheur fou d'espionner pour le compte d'un pays voisin. On peut être un marcheur fou et se faire arrêter en pleine région djebellia dans une camionnette de marque Peugeot conduite par un Bédouin natif de Sainte-Catherine...

Ils étaient dans leur droit et n'en abusaient pas. Plus tard, quand je fus libéré et lâché près de la frontière, les Israéliens ne se gênèrent pas. Là encore, je dus

113

répondre des heures durant aux questions des spécialistes et fournir des renseignements précis sur mes lieux de détention comme sur les personnages qui m'avaient interrogé à El-Arich.

A El-Arich, les heures n'en finissaient pas de s'écouler.

Quand je n'étais pas mis à la question, on me laissait dans une espèce de vestibule sous la surveillance de deux soldats. Personne ne sortait ni ne rentrait. Le vestibule ne donnait que sur les toilettes. Les soldats m'y accompagnaient quand j'en faisais la demande. Outre les deux militaires, qui me tenaient en respect des yeux et des mitraillettes, il y avait une sorte d'huissier vissé à son tabouret. La trentaine, de petite taille, l'homme remplissait des fiches. De temps à autre il me regardait de dessous ses lunettes et m'examinait d'un air vague. Peu après, il se remettait à écrire. Jamais un mot, jamais un signe, ni de sourire. Sérieux, imperturbable, il notait mes faits et gestes. Pour les faits, en dehors de la conduite accompagnée aux toilettes, il ne se passait absolument rien d'autre. Pour les gestes, c'étaient des soupirs, des trépignements, de l'impatience et de la résignation. Peut-être que le scribe lisait dans mes pensées et qu'il les transcrivait ? L'idée ne me déplaisait pas.

Au soir du deuxième jour apparut un autre personnage dans le vestibule. L'homme, un Palestinien, avait été battu. Des poches noirâtres marquaient ses pommettes et ses arcades. Coiffé du keffieh, vêtu d'une gandoura maculée de sang, il s'assit en face de moi. Je remarquai sa peau blanche, ses yeux bleus. Je le saluai d'un discret « bienvenue » mais il ne me rendit pas mon salut. Il se contentait de me scruter fixement sans même ciller. C'était insupportable. Au bout d'un moment je lâchai :

— Merde, vous pourriez peut-être regarder ailleurs !

Comme ma réflexion ne semblait guère l'émouvoir, j'essayai de le dire en anglais. Peu doué pour les langues, je me lançai dans un charabia pitoyable et y renonçai. Peut-être m'avait-il compris. Il finit par baisser les yeux sur ses sandales. Curieusement, c'étaient des eratimen découpées dans de vieux pneus, une fabrication made by Touareg qui se porte de Tamanrasset à Tombouctou.

Je me demandai comment un Palestinien avait pu se procurer pareil spécimen quand l'homme s'aperçut de ma découverte. Aussitôt, gêné, comme pris en faute, il eut le réflexe de cacher ses pieds.

Je le rassurai d'un clin d'œil. Les eratimen, ces chaussures du désert, c'était désormais notre secret à nous deux. Naturellement, cela m'intriguait. L'homme était-il palestinien comme je l'avais cru ou touareg ? Etait-ce un Palestinien qui s'en revenait du pays touareg ? Mais par quel chemin ? Par quel détour ? Par quel tour de passe-passe ? Etait-ce un Touareg blanc, un noble de la tribu des Imajeren qui se rendait en Palestine ? Mais, là encore, par quel chemin ? Par quel détour ? Y aurait-il alliance sacrée ou simple fraternité entre le peuple touareg et le peuple palestinien ?

J'en étais là de mes réflexions quand un flic de la Sécurité vint me chercher. C'était l'heure de l'interrogatoire. Il fut courtois. A peine une menace se profilait-elle à gauche que l'on me rassurait à droite. En vérité je ne comprenais pas ce qu'on me voulait. Je savais bien que toute arrestation est forcément suivie d'un interrogatoire. Et que tout interrogatoire débouche forcément sur une culpabilité ou sur une innocence. Je savais, bien sûr, que la vérité ne compte guère en regard de l'opinion que chacun des accusateurs s'en fait. Je savais tout cela et bien d'autres choses aussi dont toutes celles que j'ignorais. Je me disais qu'ils étaient capables de me liquider.

En dehors du Bédouin qui me conduisait, personne n'était au courant de mon arrestation. Rien, dès lors, ne les empêchait de nous faire disparaître. On pouvait nous remettre sur la route et nous tirer une balle dans la nuque. L'odeur du crime. Le crime de rôdeur.

A côté il y eut encore des coups et des cris. A côté, à l'étage, plus bas et plus haut à la fois. Combien en tabassaient-ils ? Pourquoi m'épargnaient-ils ?

Et tout à coup, comme cela, j'ai pensé à mes enfants. Ils étaient pourtant grands, déjà sevrés d'histoires et de contes. Et les premiers mots sont venus tout seuls :

Si je m'en vais aujourd'hui, c'est pour mieux te dire la vie.
Si je m'en vais aussi loin, c'est pour mieux te dire demain.

Je ne savais pas au juste comment le dire. Encore moins le dire de mémoire. Alors, je me suis pris pour le Petit Poucet et j'ai appris le premier couplet par cœur.

Coïncidence ou non ? On me libéra dans la soirée. En allant vers la frontière, dans cette nuit noire, je me suis arrêté près d'une lumière. J'ai posé mon sac à dos à terre et j'ai cherché, dedans, de quoi écrire. Tout avait été fouillé, passé au peigne fin. J'ai fini par mettre la main sur mon carnet. Obstiné, vaniteux, comme si je craignais de passer à côté d'un chef-d'œuvre, j'ai noté ce que j'avais appris de mémoire. Plus tard, de l'autre côté de la frontière, j'ai continué la chanson. Plus tard encore, je me suis demandé pourquoi il y avait un si grand décalage entre ce qu'elle disait et ce que j'avais vécu. La chanson racontait une autre histoire. Elle était hors du temps, hors norme, en dehors de moi-même.

Encore plus tard, l'année suivante, je suis retourné au Sinaï pour prendre des nouvelles du Bédouin. Nul ne l'avait revu. Les gens de la tribu restaient discrets. Ils se méfiaient des pharaons et ne savaient quoi penser de ce Français qui arrivait chez eux par un jour si sombre.

Un gros nuage noir courait au-dessus de la plaine des Juifs. Tapi dans son oasis de verdure, le monastère de Sainte-Catherine s'apprêtait à essuyer l'orage. Des frères qui semblaient flotter dans leur soutane de ténèbres s'affairaient autour des ouvertures. Et puis, soudain, le nuage éclata. Il libéra des millions de sauterelles.

Il pleuvait des criquets, des débris d'ailes et de pattes. Il y en avait plein le ciel, plein la terre, plein les pieds. Ça crissait sous les pas. Ça pissait un jus de purée de pois. Ça puait la sécheresse, une odeur d'oseille grillé.

Je suis reparti sous la manne. Reparti au quatrième dessous. Le Bédouin n'était pas dans la chanson...

Si je m'en vais aujourd'hui
C'est pour mieux te dire la vie

Si je m'en vais aussi loin
C'est pour mieux te dire demain...
Te raconter quand je reviens
Au lieu du Petit Poucet
Le pays des grands sorciers
Complètement désorientés
Qui ne font plus tomber la pluie
Qui ne savent plus creuser les puits.
Le chant triste des Maliens
Les enfants qui meurent de faim
Pauvres, pauvres Petits Poucets.

Mon amour, mon enchanteur
Attends-moi, n'aie pas peur.

Si je m'en vais aujourd'hui
Tout au bout, au bout de la vie
C'est pour mieux te dire demain
Quel chemin sera le tien...
Te raconter l'Himalaya
Au lieu du vilain Barbe-bleue
Les neiges de Chomolunga
Au lieu de Blanche et de ses nains
Tous les royaumes de Bouddha
Tous les Hindous, les Tibétains
Tous les Yogis, tous les Lamas
Qui ont le Gange au fond des yeux.
Pauvre, pauvre Barbe-bleue.

Mon amour, mon enchanteur
Attends-moi, n'aie pas peur.

Si je m'en vais aujourd'hui
C'est pour mieux te dire la vie
Si je m'en vais aussi loin
C'est pour mieux te dire demain...
Te raconter les bidonvilles
Au lieu de la fée Carabosse
Te dire le miracle des idylles
Sous la tôle et le carton.
Te décrire les plaies, les bosses
De tous les petits garçons
Les miroirs de l'Amazone
Les mouroirs de troisième zone
Pauvre, pauvre Cendrillon.

Mon amour, mon enchanteur
Attends-moi, n'aie pas peur.

Si je m'en vais aujourd'hui
Tout au bout, au bout de la vie
C'est pour mieux te dire demain
Quel chemin sera le tien...
Te raconter les pyramides
Au lieu du Chaperon rouge
Le secret des déserts arides
Le Sinaï et la mer Rouge
Et t'apprendre comment Moïse
Brisa les Tables de la Loi.
Mais depuis, c'est toujours la crise
Combien, combien de Massada
Pauvres, pauvres Chaperons rouges.

Mon amour, mon enchanteur
Attends-moi, n'aie pas peur.

119

Si je m'en vais aujourd'hui,
C'est pour mieux te dire la vie
Si je m'en vais aussi loin
C'est pour mieux te dire demain...
Te raconter les nuits de Chine
Au lieu de Merlin l'Enchanteur
Te montrer la Cité interdite
Avec les esclaves, les empereurs
Et laisser les guerriers de terre cuite
Te bercer, en pousse-pousse, à leur suite.
Dans le fourmillement dément
Sous la nuée des cerfs-volants.

Mon amour, mon enchanteur
Attends-moi, n'aie pas peur
Mon amour, mon enchanteur
Attends-moi, n'aie pas peur...

16

Chili : une misère

Santiago du Chili, 1951. Je logeais au dernier étage de la Maison de France dans un cagibi que je partageais avec une vieille servante. Entre nous deux, une simple cloison de contreplaqué qui laissait passer tous les bruits que chacun fait en dormant quand il fermente, quand il rêve ou qu'il cauchemardise.

Le cagibi, ça ne valait pas le grand salon lambrissé du rez-de-chaussée. Pourtant, c'était moins pénible de crever de faim dans un placard que sous les dorures et le stuc.

Au grand salon, on s'y retrouvait entre exilés pour jouer aux cartes. Parmi les habitués, les nantis, il y avait le « marquis de Sévigné » qui tenait une chocolaterie au centre-ville. A voir ce qu'il se fichait comme piquouses dans la cuisse, à travers son pantalon, on pouvait penser qu'il ne se dopait pas au cacao. Le teint blême, la peau parcheminée, d'une maigreur à faire peur, le marquis ressemblait à un bonbon sucé. Il était translucide et poisseux. Au poker, cependant, il cachait bien son jeu.

Il y avait le « Petit Suisse », un Genevois qui importait

des baby-foot made in Helvetia. A l'arrivée, il n'y avait plus qu'à repeindre les maillots aux couleurs des clubs locaux. Ça marchait du feu de Dieu.

Il y avait surtout Pussier, un costaud, un trapu, lequel devait bientôt collectionner les procès à la pelle. Son agence, prospère dans les années précédentes, ne lui rapportait plus que des soucis. Il avait imaginé de placer des Juifs rescapés du génocide chez des industriels et gros propriétaires chiliens désireux de multiplier rapidement leurs bénéfices.

Aussi raciste que surréaliste, le slogan de Pussier annonçait la couleur sans préjugé : « Chiliens, associez-vous avec un Juif car les Juifs réussissent toujours en affaires. »

Bon gré mal gré, Pussier réussit à caser une trentaine de Juifs polonais dans diverses sociétés et haciendas.

Pour deux ou trois entreprises qui firent fortune et quelques-unes qui se maintinrent à flot, les autres n'évitèrent ni la faillite, ni le dépôt de bilan. C'est que les méthodes yiddish, pour subtiles qu'elles fussent, ne collaient guère avec celles qu'on avait employées jusqu'alors dans la puritaine capitale du Chili.

On reprochait à Pussier une mauvaise sélection des sujets. En vérité, Pussier ne sélectionnait pas. Pour lui, un Juif était un Juif. Et un Juif quel qu'il soit ne pouvait être mauvais en affaires.

On l'aura compris, Pussier n'était pas un antisémite ordinaire. Il aimait sincèrement les Juifs. Il les appréciait. Il leur faisait confiance. Certes, il leur prêtait des qualités qui se rapportaient davantage aux choses du vénal qu'aux choses de l'âme, mais chez lui on n'entendait pas plus de discours démagogique que de discours humanitaire. Pussier vendait du Juif comme on vend des voitures ou des billets d'avion. Autre slogan : « Avec un Juif, on va plus vite et on arrive toujours à bon port. »

Pour Pussier, j'étais un mauvais Juif parce que Juif fauché, Juif sans astuce et sans malignité. Juif sans aucune ambition de richesse.

Quand je ne jouais pas à leur table faute de pouvoir justifier ma cave, Pussier me faisait asseoir à ses côtés. C'était pour la baraka, pour la chance. Il me laissait battre et couper les cartes. Quand il ramassait le tapis, il me balançait quelques billets. Je n'aimais pas ce rôle-là. C'était bon pour une femme, pas pour moi. Il était là, toujours à me toucher, à me tripoter les cheveux : « Le rouge, qu'il disait, c'est la couleur du sang. Et le sang au poker, faut pas qu'il soit chaud, faut qu'il soit froid. » C'était complètement con comme phrase mais ça lui paraissait lyrique.

L'un dans l'autre, je me faisais un peu de monnaie et pas mal de soucis. J'étais au Chili depuis plus d'un an et je ne m'en sortais pas. J'avais exercé trente-six petits métiers et couvert une trentaine de toiles que personne ne voulait acheter. Pablo Neruda et Allende étaient venus à mon vernissage et m'avaient encouragé. Sans plus. Depuis, j'avais abandonné la peinture, à moins que la peinture ne m'ait abandonné. Je ne pensais qu'à rentrer en France. Mais comment rentrer quand on n'a même pas de quoi rester, même pas de quoi manger ? Au Chili comme ailleurs, il y a toujours quelqu'un pour vous offrir à boire. Personne pour vous offrir à bouffer.

Je pensais donc à rentrer en France. Et pour rentrer en France, je pensais au coffre-fort de la Maison de France. Le coffre trônait au second, dans le bureau du directeur. C'était un petit gabarit facile à ouvrir avec une pince-monseigneur. Je m'étais procuré un démonte-pneu, une pince de prolo en quelque sorte. Je savais que le système de verrouillage ne résisterait pas longtemps à la poussée et je m'y préparais en cachette.

Une nuit, enfin, je me dis que le moment était venu et qu'il me fallait garder mon sang-froid. Je quittai mon cagibi en prenant soin de ne pas réveiller la vieille servante, et descendis pieds nus jusqu'au bureau du directeur.

Sous l'effet du levier la porte craqua d'un seul coup et faillit basculer. Le fracas dérangea le silence et me glaça les sangs. Je restai un instant aux aguets et, comme personne ne se montrait, je replaçai le panneau dans ses gonds et m'enfermai dans la pièce. Mon cœur battait à tout rompre. Je devais être livide sous mes cheveux rouges. Alors je fis comme Pussier faisait avec moi, je me tapotai la tête et conjurai le sort.

J'attendis de retrouver ma respiration et m'avançai jusqu'au coffre. C'était un Fichet, un modèle d'entre les deux guerres, tout plein de striures et de bosses, à croire qu'il avait déjà été forcé à plusieurs reprises.

J'étais là avec mon démonte-pneu à chercher le meilleur endroit pour attaquer le blindage quand la porte s'entrouvrit toute seule. C'était inespéré. On avait oublié de composer la combinaison. Je me disais que j'avais la baraka, la chance. En même temps, je me disais aussi que c'était trop beau, trop simple. Et, tandis que je m'agenouillais devant le monstre d'acier pour y plonger mes mains, je fus envahi par un mauvais pressentiment. Et je ne me trompais pas.

Il n'y avait rien à l'intérieur du coffre. Rien qui puisse m'aider à rentrer chez moi, tout là-bas, en France. Rien qu'une feuille de papier avec ces mots écrits en lettres capitales : « JACQUES LANZMANN EST PRIÉ DE REFERMER LA PORTE ET DE REPRENDRE SES OUTILS DE CAMBRIOLEUR. MERCI DE NE RIEN DÉRANGER DANS LE BUREAU DU DIRECTEUR. »

J'ai repris ma pince de prolo et je suis remonté méditer dans mon cagibi. La vieille servante toussait et crachait. Le lendemain matin, elle était morte. Elle me laissait ses économies, quelques pesos, une misère...

17

Inde : la tribu perdue

J'entendis pour la première fois parler des Juifs du Mizoram lors d'un dîner chez l'ambassadeur de France à New Delhi. Ces Juifs, on ne les situait d'ailleurs pas très bien sur la carte de l'Assam. L'un des convives confondit les Mizos et les Nagas, ces farouches guerriers toujours en révolte contre le pouvoir central. Un autre préféra parler de légende. Il n'en fallait pas davantage pour provoquer l'imagination du romancier.

C'était en février 1994. Je revenais alors d'un voyage au Rajasthan avec ma femme Florence et nous étions encore sous le charme des fastes rajpoutes qui nous avaient inspiré « Rêves d'Orient », que Pascal Obispo devait chanter par la suite.

Bien évidemment, une fois rentré en France, j'abandonnai mes rêves d'Orient pour des rêves bibliques. Il me semblait, en effet, extraordinaire que des montagnards de type tibéto-birman puissent, de nos jours, se réclamer de la tribu perdue de Manassé. Mais qui étaient donc ces Juifs du bout du monde ? Et par quelle étrange circonstance s'étaient-ils fixés aux confins des provinces les plus reculées de l'Inde ?

Légendes, rumeur, vérité, mystification ? Nul ne savait exactement. On ne trouvait trace de ces peuplades juives dans aucun ouvrage spécialisé. Certes, il existait de nombreux témoignages sur la diaspora de Cochin (sud de l'Inde) et quelques documents sur l'ancienne communauté juive de Kaifeng (Chine du Nord). Pas un mot, en revanche, sur ces Juifs du Mizoram et du Manipur, dont certaines personnes bien intentionnées prétendaient qu'ils se comptaient par dizaines de milliers.

Moi qui fais de l'errance mon thème favori, je ne pouvais trouver meilleur sujet à explorer. La Bible m'invitait, elle aussi, au voyage. Ne me rappelait-elle pas qu'en 1722 avant Jésus-Christ dix des douze tribus qui se partageaient le royaume d'Israël furent exilées en Mésopotamie par les Assyriens ? Il n'en resta que deux au pays, celle de Judas et celle de Benjamin dont descendent des Juifs du monde entier.

Etrangement, on n'eut plus jamais de nouvelles de ces tribus perdues. Selon certains historiens, elles se seraient progressivement déplacées vers l'Asie centrale pour se disperser enfin dans l'Asie du Sud-Est. Plus probablement, on peut penser qu'un nombre important de ces déportés, toutes tribus confondues — y compris celle de Manassé —, ont regagné leurs terres au fil des années. D'autres, en quelques générations, ont été assimilées jusqu'à servir vaillamment dans les armées de Cyrus et d'Alexandre le Grand. D'autres encore, quelques poignées de purs et de durs, auraient continué à exercer en secret les rituels hébraïques tout en traversant la géographie et les civilisations. Ils ont été musulmans, hindouistes, bouddhistes, mais ils sont restés juifs au plus profond d'eux-mêmes. D'autres encore, armés de leur seule foi et des rouleaux de la Torah dissimulés dans quelque baluchon, arrivèrent à Cochin par la mer et s'y installèrent. Des siècles plus tard, lors du deuxième exode, d'autres Juifs débarquèrent en terre indienne. Les plus mystiques d'entre eux seraient allés jusqu'à Bénarès sur les traces de leurs ancêtres qui s'étaient engagés jadis dans les armées d'Alexandre. A l'époque, Bénarès, croit-on savoir, jouissait d'un grand prestige au Moyen-Orient tant chez les Juifs que chez les Assyriens.

Il y a loin du Jourdain au Gange, mais il n'est pas interdit de penser que rabbins et brahmanes discutaient philosophie dans la quiétude de quelque cour intérieure.

Il n'y a pas meilleur tour-operator que les persécuteurs. Devant la menace de mort, bien des gens n'ont d'autre solution que l'exil. Et les Juifs, ces éternels persécutés, n'en finissent pas de crapahuter. En voici d'autres — mais sont-ils du premier, du second ou du dixième exode ? — qui apparaissent à Kaifeng, au cœur de la Chine. Depuis combien de temps errent-ils ? D'où viennent-ils ? De l'Inde, de Perse ou de leur terre qui n'est plus promise ? Longue marche de plus d'un millénaire qui nous amène en plein Moyen Age. Enfin, la trêve, la halte. Un empereur Song accueille ces Juifs et leur construit une synagogue. Et puis, plus rien. Le silence de l'Histoire !

Huit cents ans plus tard, des missionnaires anglais les découvrent. Ils se posent la question : ces Juifs sont-ils devenus chinois ou ces Chinois sont-ils devenus juifs ? La communauté si florissante jadis est au bout du rouleau et se laisse évangéliser. La même chose à Xi'an où une poignée de Juifs a résisté jusqu'au bout à la sinisation. Mais, à lire les rapports des lettrés qui ne laissent, eux, rien passer de l'Histoire, on peut se demander, là encore, combien de soldats juifs, guerriers de chair ou de terre cuite, ont bataillé contre les Mongols derrière les créneaux de la Grande Muraille.

J'en reviens maintenant aux Juifs du Mizoram. J'avais beau chercher, interpréter, imaginer, personne n'était en mesure de me renseigner. A vrai dire, j'avais privilégié la piste Nagas, mais les documentalistes se montraient formels : aucune tribu nagas n'était convertie au judaïsme. On ne peut en effet respecter les lois du Pentateuque et continuer à couper les têtes à tout bout de jungle. Je lâchai donc le Nagaland à regret quand on me conseilla de joindre le rabbin Josy Eisenberg. Franchement, je n'y avais pas pensé. C'était sans doute trop simple.

Miracle ! Eisenberg savait de quoi je lui parlais. Il avait diffusé dans « Le jour du Seigneur » une petite séquence consacrée aux tribus perdues de l'Assam.

Sensationnel ! On y voyait un rabbin israélien accueilli comme le Messie à Aizawl, la capitale du Mizoram. Il y avait des banderoles et des calicots en hébreu, des drapeaux israéliens, une ferveur sans pareille, un vrai bonheur de retrouvailles. Ces précieuses images étaient assorties d'un commentaire incroyable. On parlait d'un million de personnes. Mais oui, d'un million de Juifs dispersés ici sur cent kilomètres, des deux côtés de la frontière indo-birmane. Enfin, pas vraiment des Juifs puisque toute cette population aurait été convertie au christianisme par des missionnaires anglais au XIXe siècle. C'était superbe, enthousiasmant pour l'imagination.

Un peu plus loin, le commentaire résumait l'histoire de cette tribu de Manassé appelée aussi les Shillongs. Et les Shillongs parvenus en Chine, on ne sait ni quand ni comment, durent encore une fois subir les persécutions de quelque seigneur de la guerre. Alors ils s'enfuirent le plus loin possible pour arriver les uns en Birmanie, les autres en Inde. Là, au fin fond des forêts inextricables, ils rencontrèrent une autre tribu juive, les Chans. Une tribu, que dis-je ! Plutôt un peuple fort de deux cent cinquante mille âmes ; les rescapés, disait-on, d'une population de huit millions d'exilés.

A ce point du délire, je dus réembobiner la bande et réécouter plusieurs fois. Non, je ne m'étais pas trompé. On parlait bien d'une population de huit millions d'habitants ramenée aussitôt à deux cent cinquante mille. Je savais, pour l'avoir écrit dans les années soixante, qu'il y avait alors sept cents millions de Chinois, et moi, et moi, et moi...

Il n'empêche que cette tribu juive de huit millions d'âmes me bousculait la tête. J'avais bien l'intention de rappeler Josy Eisenberg pour en discuter avec lui mais quelque chose me retint. Du fin fond de moi-même me vint une voix. Et cette voix, qui n'était ni celle de Judas, ni celle de Manassé, m'invitait à comprendre ce que mon esprit rationaliste refusait d'admettre : à savoir qu'il n'y a pas meilleur créateur qu'un bon mythe. Pas meilleur bâtisseur d'idée que l'idée fixe. Pas meilleur stimulant pour l'esprit que de réinventer l'origine des peuples à travers la migration d'une tribu perdue, et retrouvée.

Dès lors, je me mis à construire la trame d'une trilogie romanesque qui avait pour point de départ la dispersion des tribus. Et pour point d'arrivée, ces Juifs du Mizoram et du Manipur, le dernier maillon de la chaîne en quelque sorte. Au milieu, bien sûr, mes héros, ceux de la tribu de Manassé qui courent le monde en tous sens, et participent à tous les grands événements qui ont marqué ce monde. D'Alexandre le Grand à Mao Tsé-toung, de Nabuchodonosor à Gandhi, ils sont partout, visibles ou invisibles. Ils sont en Angleterre avec Marx, à Saint-Pétersbourg avec Lénine, à Londres avec de Gaulle, à Yalta avec Staline et Roosevelt. Bon, ne dévoilons pas toute notre histoire, on en saura davantage d'ici quelques années.

Et voici que je commençais moi aussi à délirer, en privé comme en public, sur ces tribus perdues du nord-est de l'Inde. J'en étais même arrivé à compter les sherpas du Solu et du Khumbu au nombre des Juifs possiblement perdus.

Un après-midi, invité par Jean-Luc Hess à France Inter, je laisse entendre que je suis sur le point de partir pour le Mizoram. Je décris les gens tels que je les ai vus dans le mini-documentaire diffusé par Josy Eisenberg. Des Sino-Tibétains que rien ne différencie des autres peuples de la région. Et, là encore, je cite des chiffres astronomiques : ils sont des centaines de milliers. Ils ont été convertis au christianisme par des missionnaires anglais. Depuis une vingtaine d'années, ils renouent avec le judaïsme, leur religion première.

Quelques jours plus tard, seconde chance, je reçois une lettre signée Snaï Interlégator. Le nom est étonnant, le contenu de la lettre ne l'est pas moins : « Cher monsieur, mon neveu vous a entendu sur France Inter. Si cela peut vous être utile, sachez que je possède un film de vingt-six minutes que j'ai moi-même tourné chez les Juifs du Mizoram. Je tiens une cassette à votre disposition. » Je contacte aussitôt Snaï Interlégator. A sa connaissance, aucun autre Français ne s'est rendu au Mizoram ces vingt dernières années. Il doit au hasard, et à lui seul, d'avoir séjourné à Aizawl, la capitale du pays mizo.

Snaï ne m'a pas tout dit. Maintenant que je le connais, je sais qu'il fait partie, lui aussi, de la tribu des grands talmudeurs. Snaï a construit son hasard tout comme Philippe Stroun, un autre Français rencontré plus tard à Aizawl, a souhaité le sien. Tous deux sont également de la tribu des cinéastes. Ils sont aussi de la tribu des témoins, de ces gens qui fixent l'Histoire sans en faire toute une histoire. Et le film de Snaï est saisissant dans son déroulement. Je m'attendais à une ode au judaïsme, à la fable, à l'exagération ! Eh bien, non. Snaï montre sans jamais démontrer. C'est un film tout simple, tourné avec des gens simples dont on ne dit jamais le nombre. Sommes-nous en présence d'un peuple ou en présence de quelques familles ? Snaï fait l'impasse. Qu'importe la vérité historique lorsque l'on croit à la vérité biblique ? Le vrai, c'est aussi quand le faux sonne juste. Alors, écoutons la voix de Snaï Interlégator et essayons de le suivre quand il nous raconte que les Manassés ont été expulsés d'Israël il y a deux mille six cents ans et qu'ils se sont dirigés vers la Perse et l'Afghanistan. « *Là, trois siècles plus tard ils fuient à nouveau devant les armées d'Alexandre. Ils atteignent l'Himalaya et traversent la plus haute chaîne de montagnes du monde. Ils nomadisent quelque temps à travers le Tibet et s'installent en Chine. Plus tard, voici les Mongols qui déferlent sur l'Empire du Milieu. Affolés par les dévastations et la cruauté des envahisseurs, les Manassés connaissent un nouvel exode. Ils quittent leur province chinoise et se dispersent dans la jungle du sous-continent indien. »*

Selon Snaï Interlégator, nos Juifs errants ont oublié leur loi, leur langue originelle, et bien sûr leur judaïsme. Toutes les pistes sont effacées. Il ne leur reste peut-être qu'une trace de mémoire, une vague notion du bien et du mal, ce qui ne les empêche pas, de même que toutes les tribus qui les entourent, de guerroyer et de décapiter leurs ennemis. Ainsi vivaient les Manassés, mélangés et intégrés depuis des centaines d'années aux sauvages Mizos qui partageaient avec les Nagas l'art de couper et de réduire les têtes humaines.

Et Snaï d'ajouter :

« Les Manassés seraient encore dans la forêt s'ils n'avaient été approchés, au siècle dernier, par des missionnaires anglais. A la grande surprise des prêtres, les Mizos se laissaient évangéliser pacifiquement. C'est que certains d'entre eux reconnaissaient dans cette nouvelle religion des prescriptions de l'Ancien Testament. Autant d'indices et de signes qui les incitent à renouer avec leur origine et les invitent à penser qu'ils sont les descendants de cette tribu perdue d'Israël, dont les anciens, au fin fond du temps, murmuraient encore le nom. »

On comprendra mon émotion, mon emballement.

Mystifié, je me suis donc précipité vers cette nouvelle terre promise. C'est que je tenais à mon roman, à mon histoire, à ma fresque, à ma saga de la dispersion. Aucun romancier ne s'y était encore attaqué. Quant aux historiens, la plupart ne se sont guère risqués au-delà de la vérité biblique.

En plus des images et des mots qui ont mis le feu à mon imagination, Snaï m'a donné les clefs qui m'ont permis d'accéder au Mizoram. J'ai tout de même attendu plusieurs mois l'obtention de mon visa. Les Mizos veulent se protéger des Indiens qu'ils ont combattus pendant vingt-cinq années pour n'obtenir, en définitive, qu'une demi-victoire, celle d'une souveraineté fragile au sein de l'Union. Pour éviter un afflux de Bengalis et de Tamouls, le gouvernement mizo a interdit son territoire à tous les étrangers. New Delhi a répliqué de la même façon. Si bien qu'un étranger admis par les Mizos doit l'être aussi par les Indiens. Cela, c'est sur le papier. Sur le terrain, les choses peuvent s'arranger, surtout si l'on arrive, comme moi-même, par la route.

De Sinshar (Assam) à Aizawl (Mizoram), il faut compter sept ou huit heures de taxi brinquebalant. Quelque soixante-cinq kilomètres de ligne droite à travers les rizières mordorées. Puis, tout à coup, un barrage, une frontière. Une fois passé le poste militaire, autorisation et passeport contrôlés, le paysage change comme par enchantement. La route jusqu'alors rectiligne et monotone n'en finit pas d'accrocher les collines. Elle se faufile comme un long serpent entre monts et vaux pour finalement nous donner l'impression qu'elle mord le ciel.

A mille mètres d'altitude le premier village mizo fait son apparition. Les maisons de bois et de chaume sont construites en bordure de route. La façade prend appui sur l'accotement, tandis que l'arrière s'élève sur pilotis et donne sur l'abîme. Toutes les maisons du pays mizo sont bâties sur ce mode, y compris les immeubles de la capitale qui reposent sur d'impressionnants pilotis de béton. Pour le reste, c'est du bricolage — ou du grand art. Que cela tienne est miraculeux. De temps en temps, bien sûr, le terrain glisse et entraîne la maison dans sa chute. Mais les Mizos ne sont ni à une chute ni à un vertige près. Il n'y a qu'à voir comment ils dévalent les pentes à fond la caisse sur des chariots de bois surbaissés. Une ficelle, une corde, fait office de volant et actionne la direction. Le transport du ravitaillement et des récoltes se fait de la même façon. On stocke en haut des côtes, puis on se laisse aller ensuite en roue libre, sur des kilomètres.

Plus nous allons vers Aizawl (prononcer Aizoll), plus nous traversons de villages et dévorons de collines. Il semble que chaque habitant, ici, possède son cochon, ce qui me paraît très catholique, mais pas très casher. Les poulets courent aussi sur la route, sans avoir rien de sacré. Depuis que nous avons quitté Sinshar on ne rencontre plus la moindre vache. En pays mizo, Krishna est inconnu et l'Inde est comme effacée de la carte. Nous sommes dans un autre monde, dans une autre Asie. Et les paysages ne me démentent pas. C'est d'abord, en contrebas, une vue plongeante dans la vallée. Une embrasée de jungle qui étouffe le regard. Et par-delà cette nature dense et impénétrable qui nous renvoie sa moiteur parfumée, se profilent, au lointain, des lignes de montagnes bleutées. On dirait qu'elles s'empilent les unes derrière les autres. En réalité, chaînon après chaînon, dôme après dôme, sommet après sommet, elles se complètent et finissent par dériver dans une mer de nuages éternels. C'est comme une fumée blanche, un panache immaculé qu'aucun vent n'a jamais réussi à balayer, à croire que tous les nuages blancs du monde prennent leur source dans ce coin de ciel perdu.

A Aizawl, la ville aux dix-sept collines, on est en plein dans la démence. On se dit que le peuple mizo a dû souffrir autant que le peuple juif pour se retrancher ainsi à flanc de pente et accrocher sa maison à un rocher. Au début, ce n'était sans doute qu'une cache. A présent, le toit est devenu tour, et même tour d'ivoire. En effet, coupés du monde, les Mizos en ont construit un autre à leur image.

Pour moi qui avais encore les images de Snaï plein la tête, Aizawl ne pouvait être qu'une sorte de capitale juive, une Tel-Aviv de jungle où se pressent les Juifs par milliers.

Il y avait en effet des milliers de personnes dans les rues et autant d'automobiles qui essayaient de se frayer un passage dans la foule bigarrée. A première vue, pas un seul Juif. A moins que tous ces Mizos de petite taille et aux traits si fins, tous ces jeunes hommes et toutes ces jeunes filles de type thaïlandais et vietnamien n'aient été judaïsés.

Grande était ma déception. J'espérais voir des synagogues, des yeshivas, des rabbins, des religieux en caftan et papillotes. Je n'apercevais que des temples presbytériens, des pasteurs à col blanc.

Je me raisonnai. Je me dis que je n'avais pas rêvé et qu'il y avait des Juifs à Aizawl. La preuve, dans son film, Snaï n'allait-il pas d'une famille à l'autre ? Au fait, ne suffit-il pas d'une dizaine de familles pour imaginer tout un monde ?

Comme la nuit tombait sur les ruelles qui n'en finissaient pas de monter, de tourner, et même de se contorsionner à flanc de colline, je me fis conduire à la guesthouse de l'Etat. J'étais le seul client et il ne me fut pas possible de dîner au restaurant. On me servit dans ma chambre. Je dus attendre qu'une servante aille acheter le poulet au marché, qu'un cuisinier me l'abatte et me le prépare en curry.

Pour tromper mon impatience, je descendis dans le hall et interrogeai les quelques employés désœuvrés qui s'y trouvaient.

A ma question : « Etes-vous juif ? » tous tombèrent des nues.

Je poursuivis tout de même :

— On m'a dit que tous les Mizos étaient d'origine juive parce que vos ancêtres venaient d'Israël. Qu'en pensez-vous ?

Ils étaient quatre employés. Quatre jeunes Mizos assis dans des chaises en rotin. Ils me regardaient en se grattant les orteils. L'un d'eux partit d'un grand éclat de rire et dit :

— Ah oui, j'ai entendu parler de cette histoire. C'est la légende d'un autre peuple. Pas du nôtre. Nous, on est Mizos. Nos ancêtres étaient des coupeurs de têtes !

Je persistai néanmoins :

— Voyons, il y a tout de même des Juifs à Aizawl ?

La réponse ne fut pas emballante :

— Il y en a quelques-uns mais ils sont difficiles à voir.

137

— Vous voulez dire qu'ils se cachent ?

— Pas du tout, ils ne se cachent pas, mais ils se comptent sur les doigts d'une main.

Je ne me sentais pas bien. Du front, de dessous les bras, ma sueur dégoulinait, glacée.

L'un des employés, qui n'avait encore rien dit, intervint :

— Vous devriez rencontrer Mme Zaï. C'est le chef des Juifs.

J'avais bien l'intention de voir Mme Zaï à laquelle je devais remettre une lettre d'Interlégator.

Néanmoins, je demandai :

— Le chef des Juifs, c'est-à-dire ?

Le jeune homme réfléchit un moment et s'expliqua :

— Si vous préférez, Mme Zaï est le public relations des Juifs. Elle s'occupe d'eux, elle organise des réunions et même des voyages en Israël. C'est une dame très bonne, très dynamique.

Il hésita un moment et ajouta :

— Parfois Mme Zaï nous envoie des clients. Le mois dernier, nous avions deux Israéliens.

Tout à ma joie, je demandai :

— Des rabbins ?

— Non, des journalistes. Ils faisaient un reportage sur le pays mizo.

— Sur le pays ou sur les Juifs ?

Il me regarda en souriant :

— Ils étaient comme vous. Ils s'imaginaient que tous les Mizos étaient d'origine israélite. Ils ont trouvé que Mme Zaï avait énormément exagéré. En réalité, et en comptant très large, il n'y a pas plus de soixante ou soixante-dix Juifs dans tout le Mizoram.

Je rectifiai aussitôt :

— Vous voulez dire soixante mille ?

Il partit d'un grand éclat de rire et rétorqua :

— Voyez-vous, monsieur, ici tout le monde est chrétien. Et tout le monde va à l'église presbytérienne, y compris Mme Zaï.

— Mme Zaï ne va pas à la synagogue ?

— Oh, elle s'y rend parfois pour faire visiter. Mais Mme Zaï est une bonne protestante.

Je rencontrai Zaï le lendemain. Zaï, je la reconnus tout de suite pour l'avoir vue dans les films de Snaï. La soixantaine, peut-être davantage, elle est d'une surprenante vivacité, sans cesse en mouvement et en sourires.

Propriétaire de deux drogueries au centre-ville et à la tête de deux ou trois autres affaires, Zaï fait figure de notable. Pour les Mizos, comme pour les étrangers de passage, Zaï est incontournable. De nature généreuse, d'esprit ouvert, elle va au-devant des désirs de chacun et règle les moindres problèmes en un tournemain. Charismatique, remarquable organisatrice, rien ne semble lui résister. Ainsi Zaï réunit-elle pour moi, en quelques heures, l'ensemble de la communauté juive dans la petite synagogue d'Aizawl, un atelier désaffecté qui donne sur le vide, lui aussi.

Et tandis que les fils et les filles de Zaï partent avertir les Juifs d'Aizawl de mon arrivée, leur mère, que l'on ne peut contredire en aucun cas, m'affranchit dans un anglais parfait. Ecoutons-la :

« *Tous les Mizos sont les descendants de la tribu de Manassé. Mais du point de vue religieux, peu de Mizos sont de confession juive. Quelques milliers seulement entre Manipur et Mizoram. Il y en a beaucoup plus en Birmanie, un pays où nous avons séjourné durant des siècles. Nous avions alors les textes saints, les rouleaux de la Torah et une grande connaissance de la liturgie juive. Mais nous possédions surtout un livre sacré qui racontait notre errance depuis la nuit des temps. Tout y était consigné, déposé, analysé, étudié. C'était le livre de notre histoire, le livre des Juifs d'Asie. Hélas, les parchemins ont souffert de l'humidité. La jungle n'est pas la meilleure bibliothèque qui soit. Plein de moisissures, le livre n'était plus qu'une sorte de pâte de papier. C'est alors qu'un chien affamé l'a dévoré. Ensuite, la nuit est à nouveau tombée sur nous. Une longue et triste nuit, où chacun s'en allait décapiter son voisin. Où tous s'extasiaient de voir le sang couler. Et, après la nuit, est venu le matin. Et, avec le matin, les missionnaires. Bien sûr, si les rabbins étaient arrivés à la place des pasteurs, on ne se poserait pas la question de savoir si nous sommes juifs ou non. En réalité, aujourd'hui, nous sommes juifs de manière nationale, mais pas obligatoirement de manière religieuse. Dans notre cœur, nous aimons tous Israël. Quand Israël va bien, nous sommes heureux. Quand Israël va mal, nous pleurons. Si nous réagissons de la sorte, c'est bien la preuve qu'Israël est notre Terre promise.* »

J'ose demander :

— Vous croyez vraiment à ce livre secret dévoré par le chien ?

Zaï s'indigne :

— Mais c'est la vérité. Toute notre histoire y était consignée.

— Vous parlez sans doute de la Torah ?

— Non, pas du tout...

Elle hésite et se reprend :

— Enfin, oui, il s'agissait d'une sorte de Torah asiatique, d'un livre de sang et de larmes qui contait notre odyssée.

Je ne peux m'empêcher de me faire l'avocat du diable :

— Vous êtes presbytérienne et mizo, cependant vous vous assimilez tellement à ces Juifs asiatiques que vous leur fabriquez une légende en or.

Elle me plaint du regard.

— Je ne suis peut-être pas une vraie pure Juive de la tribu de Manassé, mais je suis une vraie Juive de la tribu des Mizos. Que m'importe cette religion que je pratique en surface puisque, tout au fond de moi, j'ai la certitude d'appartenir au peuple juif.

— Vous peut-être, mais tous les Mizos ne partagent pas votre croyance. Entre hier et aujourd'hui j'ai interrogé une vingtaine de personnes et aucune ne s'est réclamée du judaïsme !

— Ils ne vous disent pas la vérité. Ou bien alors ils sont ignorants dans l'âme.

Elle m'adresse un superbe sourire qui plisse encore davantage ses rides, et poursuit son histoire :

— Je vais vous dire une chose. Nous sommes à la fois juifs depuis toujours et depuis peu. Depuis toujours, pourquoi ? Parce que nous sommes partis d'Israël avec Manassé voici maintenant près de trois mille ans. Depuis peu, pourquoi ? Parce que nous avons renoué récemment avec le judaïsme à la suite d'une révélation :

« *En 1949, un certain Schala, qui sarclait son champ non loin du village de Buallawn, vit Moïse apparaître au bout de son sillon. Moïse était vieux, barbu, harassé. Il ressemblait à tous les Mizos, mais il s'exprimait en hébreu. De sa bouche sortaient des lettres de feu, des signes étranges que Schala n'eut aucun mal à comprendre.*

« *Dans sa grande bonté, Moïse lui confia que tout le peuple mizo était juif, et qu'il le chargeait, lui, Schala, comme Schalom, de transmettre le message à ses frères. Evidemment, tout le village en fut retourné. Très vite, la nouvelle se répandit d'église en église. Les pasteurs restèrent fort réservés, mais les fidèles prêtèrent une oreille d'autant plus attentive au message du paysan qu'une prière ancestrale, encore marmonnée par les vieux, commençait ainsi : "Ouvrez, ouvrez, nous sommes les enfants de Manassé, ouvrez, ouvrez."*

« *En 1953, un autre paysan eut à son tour une révélation du même ordre, mais cette fois il vit Manassé lui-même. Et le grand Manassé lui confia que les Mizos étaient les enfants d'Israël.*

« *Dans le même temps, enthousiasmées par cette apparition, quelques personnes, une centaine, quittèrent l'Eglise presbytérienne pour former une association de soutien à Israël. Leurs représentants se rendirent à Calcutta. Ils espéraient le soutien de la communauté juive de la ville. Le responsable, un séfarade bon teint, fut tellement choqué qu'il refusa de laisser entrer ces soi-disant Juifs tibéto-birmans dans sa synagogue blanche et bleue. Les pauvres Mizos, qui pensaient trouver la compréhension mais aussi un enseignement de base auprès du rabbin, retournèrent, déçus, au Mizoram. Pourtant, ils ne se découragèrent pas et entreprirent de se faire connaître du gouvernement israélien. Ils nouèrent donc des contacts en Terre promise où on semblait enfin les prendre au sérieux.* »

Zaï soupire et m'inonde de son sourire. Elle respire la joie, la fierté. C'est que Zaï fut la principale instigatrice de cet élan messianique qui voyait son salut en Israël et le salut d'Israël chez les Mizos. Comme ce mouvement prenait de l'ampleur, le gouvernement indien s'inquiéta. Trop d'échanges de courrier, de voyages, de conférences. On surveilla, on espionna. Finalement, le bureau de l'Intelligence Service obtint la dissolution de l'association.

Quelques années plus tard, Joseph Raei, venu du Manipur, fonde à Aizawl un nouveau mouvement en faveur du judaïsme. Il est aidé par Zaï qui l'encourage et le persuade d'écrire au rabbin israélien Avhaïl, grand spécialiste des tribus perdues. Plus encore, car Zaï et Joseph s'envolent pour Jérusalem. On ne sait exactement quels ont été les arguments avancés mais, à en croire Zaï, le rabbin Avhaïl ne douta pas une seconde de la judaïcité du peuple mizo. Il faut dire que Zaï s'y entend encore à merveille pour convaincre les plus incrédules. Zaï est la pasionaria de cette petite communauté religieuse dont elle ne fait pourtant pas partie. Tous la respectent et la craignent. Tous, à un moment donné, ont bénéficié de sa générosité. En effet, Zaï ne regarde pas à la dépense. Plus, Zaï se dépense sans compter pour imposer la légende de Manassé.

Ils sont tous là, entassés et silencieux dans la petite synagogue d'Aizawl qui tient debout par miracle.

Ils sont tous là, femmes, enfants, hommes et vieillards : quatre-vingt-trois pauvres Juifs du bout du monde dont les frères, les sœurs, les fils (environ une centaine) sont déjà partis pour Israël. Le retour en Terre promise deux mille huit cents ans après en avoir été chassés.

Ceux qui me regardent et m'écoutent aujourd'hui dans ce lieu si simple où repose le Shefer-Torah derrière son rideau rouge frappé du lion et de l'étoile de David préparent, eux aussi, leur départ. Les uns ont économisé roupie après roupie le prix de leur billet d'avion. Les autres attendent le bon vouloir de quelque religieux américain. D'autres encore ont tissé des liens précieux avec le rabbin Avhaïl et espèrent, grâce à lui, bénéficier d'un moment à l'autre de la loi du retour, comme leurs enfants ou leurs frères.

Oui, ils sont tous là, ces Juifs du Mizoram. Tous là, en cette fin d'après-midi dans la synagogue la plus dépouillée de la terre. Ils y sont par la chair et les os, par la fièvre de leur regard, par leurs vêtements misérables, pour certains des haillons. Mais, curieusement, ils sont absents. J'ai l'impression qu'ils ne montrent rien d'eux-mêmes sinon, peut-être, une vague présence teinte d'ennui et de tristesse.

C'est que leur esprit est ailleurs. Il vogue, lui, vers cet Israël biblique, vers cette terre de Canaan, vers Manassé, vers Judas et Benjamin, vers ce pays mythique des Hébreux d'alors. Comment pourrait-il seulement imaginer l'Israël d'aujourd'hui quand leurs proches les plus chanceux, encore sous le choc, taisent les conditions de leur nouvelle vie ? C'est que les rabbins américains ont des exigences de pureté. A peine débarquent-ils en Israël que ces Juifs de la jungle doivent se conformer à la règle. On leur enseigne l'hébreu, la vraie loi. On circoncit les hommes, on couvre la tête des femmes.

Fin prêts, bons pour le service, on les expédie dans des colonies de repeuplement. C'est tout juste si on ne leur demande pas d'aller couper des têtes palestiniennes dans les villages voisins.

J'ai le cœur gros. Ils sont tous là, dans cette synagogue des collines, à se demander ce que j'attends d'eux. J'ai le cœur gros, car eux et moi, on se regarde comme des bêtes curieuses. Ils sont tous là, oui, je les ai comptés : quatre-vingt-trois personnes. Pas une de plus. On est loin, très loin, d'un délire de diaspora massive. De cette tribu perdue dont on surestimait le nombre à dessein, il ne reste que ces quatre-vingt-trois Juifs, les plus pauvres, les plus démunis d'entre les Mizos, à croire que la misère, ici, se confond avec la foi.

J'ai le cœur gros parce qu'ils sont rares, uniques. Parce qu'ils sont à la fois les premiers et les derniers vrais Juifs du monde. A ce stade d'absolu et de piété, on rejette toute idée de mystification. On baigne, au contraire, en pleine authenticité. Peu nous importe le sang qui coule dans leurs veines. Peu nous importent les gènes, les mélanges, les brassages, opérés au cours d'un si long voyage à travers les siècles et la géographie. Peu nous importe qu'ils descendent de Manassé, du Jourdain ou du Gange, d'Abraham ou de Vishnu. Ils sont ceux que l'on n'attendait plus, des miraculés de l'Histoire.

Dans quelques jours, dans quelque temps, il n'y aura

plus de Juifs au Mizoram. Pour nous, c'est la fin de la légende. Pour eux, c'est l'aube d'une vie nouvelle. Dans quelque temps, dans quelques jours, ils seront de retour chez eux, parmi les hommes de la Bible.

Aujourd'hui, si loin d'eux, si loin de toi, je pense à Gédéon, le fils de Joseph, qui s'est envolé le mois dernier pour Israël. A Aizawl, il était pauvre comme Job. Là-bas, qu'en est-il de lui maintenant ? Je pense à son jeune frère qui lui écrivait d'Hébron sans oser lui dire son désespoir. Je pense à Samuel qui était en grand deuil de son père. Samuel me disait alors son intention, bon gré mal gré, de prendre en charge cette communauté de justes que laissait Gédéon. Je repense à Gédéon si mal à l'aise devant les étrangers que nous étions. On s'était déplacé de si loin pour le voir qu'il n'osait nous avouer qu'il n'y serait plus bientôt. Je pense à toi, Samuel, à tes larmes, à ta dignité, et à ton embarras devant cette charge qui t'attendait, et à laquelle tu n'étais, disais-tu, pas vraiment préparé. Je pense à toi, Samuel, car j'apprends ce matin que tu pars à ton tour. Je sais, ta sœur est déjà là-bas. Elle a trouvé un mari, un Indien lui aussi, mais un Indien des Andes, un Juif quechua. Je le sais, il y en a. Je pense à toi, Samuel, car sans toi et sans Gédéon, vous les plus jeunes, que vont devenir les vieux, les plus vieux, les purs, les anciens, ces sans famille que personne ne veut là-bas, en Terre promise ? Dis-moi, Samuel, qui va réunir désormais le quorum ? Qui va officier dans la synagogue en bordure du vide ? Je pense à toi, Samuel, car je suis pris d'un doute. La synagogue va-t-elle retourner à son emploi premier ? Va-t-elle de nouveau servir de remise à un ferrailleur ?

Je pense à vous, Juifs du Mizoram et du Manipur. Je

pense à vous parce que vous n'étiez pas les centaines de milliers, ni même les milliers qu'annonçait triomphalement quelque prophète farceur. Je pense à vous parce que vous étiez dix, comme les dix doigts de la main, parce que vous étiez cent, comme les cent doigts d'une même main. Parce que de Manassé ou de Bouddha, de Brahma ou de Mahomet, de Vishnu ou de Jésus, vous étiez les enfants.

Je pense à vous, mes frères, et j'ai le cœur en joie. Vous faites partie de mon prochain roman. Le sujet, c'est vous, une poignée de justes guidés par l'Eternel dans la poussière du temps.

Je suis resté huit jours au Mizoram. Zaï ne m'a guère quitté. Elle m'a emmené dans la jungle. Là, au bout de l'étape, une vieille cabane en bois et en pierre. Au milieu du sol en terre battue, une auge à cochon. Peut-être à cochon d'Inde ? Le livre sacré aurait été dévoré ici par des chiens affamés.

Un autre jour, Zaï me conduisit chez un imprimeur. Je le reconnus pour l'avoir vu dans le film de Snaï. L'imprimeur m'offrit une Torah traduite en langue mizo. C'est un ouvrage rare, un livre qui présente, lui aussi, un caractère sacré.

Zaï m'accaparait. Elle était insatiable. Toujours aux petits soins, aux aguets du moindre silence qu'elle rompait aussitôt. Elle voyait des Juifs partout. Une fois pourtant, et cela tient aussi du miracle, on tomba sur une Israélienne. Mais oui, une Israélienne de Tel-Aviv qui débarquait au Mizoram parce qu'elle s'était trompée de bus en Assam. Sous le charme, les militaires l'avaient laissée entrer en territoire interdit. Le plus étonnant c'est que l'Israélienne ignorait tout de la communauté juive d'Aizawl.

Le hasard fait bien les choses. L'Israélienne, le genre routarde attardée, vint loger chez Zaï. J'eus enfin un peu de répit. Là, dans ma chambre de la guesthouse de l'Etat, coup sur coup, j'esquissai deux chansons. La première à la mémoire de Gainsbourg. Pourquoi Gainsbourg ? Le mystère, l'insondable partie de cache-cache qui se joue entre le conscient et le sub-conscient. Peut-être que Gédéon me faisait penser à Serge. Il en avait la nonchalance et les oreilles.

Dis-moi, Gainsbourg, comment tu barres
Dis-moi, Gainsbourg, comment tu bourres
Dis-moi, Gainsbourg, quand tu te barres
Dis-moi, Gainsbourg, si tu te bourres
Dis-moi des choses de l'au-delà
Dis-moi si tu t'es mis à l'eau
A l'eau, à l'eau de l'au-delà
Allô, allô, t'es là ?

Tu sais ici, personne n'oublie
Tes feuilles de chou, tes mélodies
Ton air cynique de vieux provoc
Ta touche unique de faux clodoc...

Tu sais ici, les temps sont gris
Car depuis que tu es parti
Pour ce voyage au bout d'la nuit
Nos cœurs ont pris beaucoup de pluie
Il m'arrive même par maladresse

D'ouvrir mon carnet d'adresses
Et d'entendre avec tristesse
Qu'il n'y a plus d'abonné
Au numéro qu'vous demandez.

Dis-moi, Gainsbourg, comment tu barres
Dis-moi, Gainsbourg, comment tu bourres
Dis-moi, Gainsbourg, quand tu te barres
Dis-moi, Gainsbourg, si tu te bourres
Dis-moi des choses de l'au-delà
Dis-moi si tu t'es mis à l'eau
A l'eau, à l'eau de l'au-delà
Allô, allô, t'es là ?

Tu sais ici, personne n'oublie
Tes feuilles de chou, tes mélodies
Ton air cynique de vieux provoc
Ta touche unique de faux clodoc...

Raconte, le champagne est comment
Nous, on a changé d'gouvernement
On a d'la crise en overdose
C'est encore pire que la cirrhose
Les cheminots sont au chômage
Les cheminées au ramonage
On en revient aux p'tits boulots
Comme le trottoir et le ménage
Le poinçonneur dans le métro...

Dis-moi, Gainsbourg, comment tu barres
Dis-moi, Gainsbourg, comment tu bourres

149

Dis-moi, Gainsbourg, quand tu te barres
Dis-moi, Gainsbarre, si tu te bourres
Dis-moi des choses de l'au-delà
Dis-moi si tu t'es mis à l'eau
A l'eau, à l'eau de l'au-delà
Allô, allô, t'es là ?

La seconde chanson naquit de façon plus saugrenue encore. J'eus tout à coup envie d'une femme d'avant la guerre qui sentirait bon la campagne. Pourquoi cette fermière à Aizawl : peut-être parce qu'en pays mizo on moissonne encore à la faucille ? On bat les épis au fléau ? On plume les poulets à l'ancienne ?

Etait-ce ce mode de vie, cette façon d'appréhender la nature qui m'incita à écrire « Je la voudrais avec un goût d'avant-guerre » ? Etait-ce pour me libérer de Zaï, la bavarde ? Etait-ce pour marquer mon territoire et revenir à mon enfance dans une campagne où Juifs et Auvergnats, sous l'Occupation, étaient eux aussi un peu mizos ? Allons savoir comment les idées viennent et de quelle manière elles s'associent ! Pourquoi ai-je attendu près d'un an pour mettre en chanson cette tribu perdue alors qu'elle était sous mon regard ?...

Je cherche une jeune fille qui sentirait la campagne
Je la voudrais avec une odeur de blé
Une odeur de pain d'campagne
Une odeur d'herbe coupée
Une odeur de foin séché
Une odeur des temps passés
Quand la terre était traitée
Mais pas encore maltraitée.

Je cherche une fille qui sentirait bon la terre
Je la voudrais avec un goût d'avant-guerre
Une saveur d'herbes et de grains
Une saveur de sarrasin
De luzerne et de regain
Une saveur des temps passés
Quand labourer à cheval
Ne polluait pas comme le gasoil.

Je cherche une fille qui cultiverait comme hier
J'la voudrais avec une odeur de fermière
Une saveur de champignons
De morilles et de crème fraîche
Une odeur vraiment maison
De farine et puis de pêche
Une odeur des temps passés
Quand rien n'était dénaturé.

Je cherche une fille qui moissonnerait à la main
Je la voudrais armée de son seul fléau
Les pieds nus dans ses sabots
Battant le blé au gourdin
Une image des temps passés
Une odeur de paille froissée
Une odeur qui m'est restée
De campagne parfumée...

L'année dernière, j'étais de retour en Inde. Après un bref séjour à Calcutta où je visitai la synagogue blanche et bleue, je mis le cap sur l'Orissa. Là, sur une plage déserte du golfe du Bengale, loin du Mizoram, je repris *La Tribu perdue*. Cela venait mal. La veille, à Puri, une ville sainte qui sentait l'encens et la sueur, je m'étais procuré deux cents grammes de cannabis dans une échoppe de l'Etat. Tout autour de ce cagibi grillagé dans lequel un vieux bonhomme pesait la drogue, des dizaines de pèlerins en manque d'énergie et de nourriture tendaient la main.

Plutôt que de partager mon chanvre indien, j'ai offert mes roupies, une petite fortune. Tout le monde a eu sa part : les mendiants, les estropiés, les sahdous, les enfants, les vieillards.

La distribution achevée, je suis rentré à l'hôtel, un prétendu centre ethnique où il n'y avait que des Bengalis de Calcutta en vacances. L'un d'eux, un gratte-papier bedonnant, se mit à faire l'apologie de Hitler. Comme l'auditoire approuvait chaudement l'orateur, je ne pus m'empêcher d'intervenir, histoire de remettre Hitler à sa place. Rien n'y fit. Ni ma démonstration ni mon indignation.

Dégoûté, je gagnai ma chambre et me mis à préparer mes pipes (le fourneau, c'est plus sain que le papier). Noyé dans la fumée, enfin détendu, j'oubliai les pèlerins hallucinés, Hitler et les Bengalis pour me rapprocher en pensée des Juifs du Mizoram. J'avais mauvaise conscience de les avoir évités. N'allez pas croire que j'étais triste. Quand on fume une herbe de qualité, la mauvaise conscience prête à rire, pas à pleurer. Alors, en riant, comme cela, de pipe en pipe, j'ai ébauché la chanson que je n'étais pas encore parvenu à coucher sur le papier.

Le lendemain, sur la plage, je n'étais pas très content de moi. La tribu perdue avait perdu son caractère singulier pour prendre un caractère général. Il ne restait plus rien des Juifs du Mizoram. Le conférencier bengali m'avait peut-être mangé la tête. A moins que par peur de Hitler, les Juifs du Mizoram aient préféré se retirer eux-mêmes de la chanson...

Je viens d'un monde où tout le monde
Ignorait son voisin.
Je viens d'un monde où personne
N'était plus mon copain.

Alors, je me suis enfui
J'ai couru jour et nuit
J'ai parcouru la terre entière
J'ai traversé les déserts
Les océans, les ténèbres.

J'ai retrouvé la tribu perdue
Des bienheureux à moitié nus.
Ils étaient cachés dans la jungle
Quelque part, au fin fond de l'Inde.
De suite, je les ai reconnus.

Il y avait :
Tous les poètes et les esthètes
Tous les penseurs et les rêveurs
Tous les sensibles et les meilleurs
Les généreux, les valeureux,
Les honorables, les vénérables
Les amoureux du clair de lune
Avec leurs grands yeux qui s'allument.

153

Il y avait :
Tous les justes et les illustres
Tous les humbles et non des moindres
Tous les sages comme leurs images
Tous les mages et les hommages
Tous les braves et les sans peur
Tous les bons et les meilleurs
Tous ceux qui pensent avec le cœur.

Je viens d'un monde où tout le monde
Epousait le système.
Je viens d'un monde où personne
Ne disait plus je t'aime.

Alors, je me suis enfui
J'ai couru jour et nuit
J'ai parcouru la terre entière
J'ai traversé les déserts
Les océans, les ténèbres.

J'ai retrouvé ma tribu perdue
Tous mes voisins, tous mes copains
Les bienheureux, à moitié nus
Quelque part au fin fond de l'Inde
Entre la montagne et la jungle.

J'ai retrouvé ma tribu perdue
Tous mes voisins, tous mes copains
J'ai retrouvé ma tribu perdue...
(ad lib.)...

18

Cordillère des Andes : le carnaval des ténèbres

Attaquée dans ses flancs, rongée de l'intérieur, la montagne résonnait de bruits rageurs. De partout ça cognait, ça perforait, ça explosait. Jour et nuit la montagne gueulait. Parfois elle se révoltait contre les hommes et engloutissait les mineurs dans une galerie.

On creusait dans les entrailles de la montagne, dans ses poumons et sa gorge. Nous étions ses prisonniers. On ne sortait ni du bruit ni du noir ni du cafard.

A trois mille cinq cents mètres d'altitude, nous attrapions des coups de déprime à ne plus pouvoir respirer. Ils arrivaient subitement comme le soroche et nous suffoquaient.

On travaillait dans la montagne. Nous vivions d'elle. Elle vivait de nous. On était saisi des mêmes craintes, des mêmes élans, des mêmes compassions. Montagne et mineurs vivaient au même rythme : celui des marteaux piqueurs et des saisons.

L'été, on pouvait s'échapper. On fonçait alors vers Santiago en dévalant les quatre-vingts kilomètres qui nous séparaient de la capitale chilienne. Quelquefois, on prenait un car. D'autres fois, on préférait se jeter à corps perdu dans la nature, fouler l'herbe, boire l'eau des torrents, sentir le vent. Le vrai vent, et pas ces courants d'air terribles qui couraient sans cesse de galeries en cavités.

Parmi les hommes qui descendaient en ville, il y en avait qui suivaient l'anda-rivel, la ligne aérienne des bennes qui charriaient le minerai jusqu'à Santiago. D'autres, comme moi, s'en écartaient. Je n'aimais ni le grincement des poulies ni sa sinistre enfilade de pylônes.

L'anda-rivel, c'était peut-être une prouesse technique, comme le disaient les ingénieurs, mais pour nous l'anda-rivel c'était surtout le symbole des cadences infernales, une sorte de serpent monstrueux qu'il fallait nourrir coûte que coûte sous peine d'engorgement.

J'ai dit plus haut que l'on pouvait s'échapper l'été. Tantôt une perme, tantôt une fugue. En trois ou quatre jours les gars dépensaient six mois de salaire. Ils couchaient au bordel. Ils baisaient, ils buvaient. Ils oubliaient. Quand il n'y avait plus d'argent et plus d'amour, ils remontaient.

L'hiver, la neige bloquait les accès à la mine. Finis les permes, les congés. Pas d'autre moyen d'échapper à son sort que de s'embarquer, en douce, dans une benne. Certains s'y risquaient. Rares étaient ceux qui arrivaient vivants.

Dans les Andes, l'hiver dure très longtemps. Non loin de l'Aconcagua, où nous étions, il fallait compter sept mois. Sept mois à regarder passer les condors au-dessus des plus hautes cimes. Sept mois à surveiller le va-et-vient des bennes, le seul fil d'espoir qui nous

156

reliait à la civilisation. Et pour nous, civilisation était synonyme de maison close. Les putes, c'était notre seule culture, notre seule tendresse. Elles étaient de toutes nos conversations, de tous nos plaisirs solitaires. Elles ponctuaient notre vie et berçaient nos rêves.

L'été, quand les véhicules réussissaient à passer, il en montait un plein car. Elles débarquaient, sonnées par l'altitude. Tout de suite elles gagnaient un bâtiment mis à leur disposition par la direction. On leur laissait une heure pour se refaire une santé. Et puis, tout à coup, on n'y tenait plus. Alors, on formait la queue.

Du samedi soir au lundi matin, les filles recevaient un millier de visiteurs. Il n'y avait pas pire abattage et pourtant les filles montraient leur préférence. Il nous suffisait d'un mot gentil, d'un sourire, d'un regard appuyé, d'un petit baiser volé à la multitude, pour nous mettre en espérance.

Les putes repartaient le lundi midi. Les plus chanceux tiraient leur coup jusqu'au dernier moment et regardaient le car s'éloigner en se rebraguettant.

Nous passions la semaine à les attendre. On s'y préparait comme on pouvait, en imaginant. Les plus nantis comptaient leurs économies. Les fauchés allaient pleurer auprès de la direction pour obtenir une avance sur leur paye.

Parfois nous attendions en vain. On maudissait les intempéries, la mauvaise piste. On remettait le bonheur à la semaine suivante.

De la mi-avril à la mi-septembre, la vie s'écoulait ainsi. Ensuite, on faisait appel aux souvenirs. Et pour tuer le temps qui nous séparait du printemps on s'engageait à fond dans le boulot en stockant les heures supplémentaires.

Moi, j'étais le gancho (le compagnon) de Mario. A nous deux, on formait une fameuse équipe de dynamiteurs. Tantôt c'était lui qui mitraillait les parois avec le marteau piqueur. Tantôt c'était moi. On se faisait dans les quatre cents perforations chaque jour. Et chaque jour, chaque nuit, nos nerfs, nos muscles continuaient à avoir la tremblote. Ils sucraient les fraises. Le moment venu, en accord avec les ingénieurs, on plaçait les cartouches de dynamite dans les trous.

Reliées à un détonateur central, elles ne demandaient qu'à sauter. Quand tout était paré, fin prêt pour le feu d'artifice, on évacuait la salle et les galeries alentour. Alors, il n'y avait plus qu'à presser sur la poignée, des deux mains.

La montagne tout entière en était secouée. Elle avait les chocottes, la peur au ventre. Et le ventre de la montagne pétait tout ce qu'il pouvait de poussière et de fumée. Des pans entiers de tripes s'éboulaient, des tripes de cuivre et de pierrailles qu'il nous fallait déblayer et charger dans les wagonnets. Quelquefois les voies étaient obstruées et les convoyeurs écrabouillés.

Il y avait davantage d'accidents l'hiver que l'été. Normal, le froid nous engourdissait. L'isolement nous rendait nerveux. Le matériel était comme nous : les marteaux piqueurs déconnaient, les étais cédaient sous le choc des explosions. Des mineurs attardés se faisaient déchiqueter. D'autres encore, surpris par le souffle, tombaient comme des mouches, la tête éclatée. Il y avait aussi des bras et des jambes coupés, des tympans et des yeux crevés, tout un lot de handicapés qui occupaient les lits de l'infirmerie. En attendant le retour du printemps on mettait les morts au frigo. C'était facile. Dehors il faisait − 20, − 30 °C. Alors on alignait les cadavres dans un petit cimetière recouvert d'une verrière. La verrière, c'était pour empêcher les condors de festoyer.

Avec le beau temps, on rendait les corps aux familles.

Outre les accidentés du travail, il y avait aussi les accidentés du moral. Ceux qui mettaient fin à leurs jours, ceux qui se rataient, ceux qui y pensaient. Heureusement, nous avions quelques recettes qui remontaient le moral. Le jeu, bien sûr. Le plus simple, pour ne pas dire le plus simplet, consistait à tendre une ficelle au sol et à lancer ses pièces le plus près possible de la ligne. Le gagnant ramassait les pesos.

Plus mariole que le jeu de ficelle, le bonneteau faisait des ravages dans les porte-monnaie. On jouait aussi au 421, à la passe anglaise, et à tout ce que les dés permettaient de combinaisons. Mon gancho, de trente ans plus âgé que moi, avait même inventé l'« impasse chilienne », une sorte de « yam » à l'envers où il était nécessaire de totaliser le moins de points possible pour gagner.

Le jeu ne nous sortait pas vraiment de la mine. Tout juste nous permettait-il une brève évasion et quelques petits coups au cœur.

Parler des filles de l'été dernier, les détailler, vanter leurs qualités et leurs techniques dans un délire de saloperies et d'obscénités nous plaisait bien. Là encore, malgré nos émotions, nos inventions et les quintes de rire qui suivaient, nous ne sortions pas vraiment de notre condition d'ouvriers du cuivre. Passé la folie des mots et des images, on revenait vite sur terre.

Bien sûr, il y avait les réunions du syndicat, nos doléances, nos exigences, les parties de bras de fer avec la direction.

En 1950, à la mine, nous menions vraiment la lutte des classes. De temps à autre, il nous parvenait des encouragements signés Allende ou Neruda. Parfois, quand ça grondait trop là-haut avec tous ces communistes et tous ces trotskistes, la lie de la terre, le gouvernement menaçait d'envoyer l'armée.

Et l'armée est venue nous assiéger avec des engins à chenillettes. Elle croyait balayer les piquets de grève en un tournemain mais c'est nous, en définitive, qui avons balayé l'armée. Les militaires ne résistaient ni au froid ni à l'altitude.

Peu avant leur retraite, il y eut une dernière bagarre à coups de barres à mine et de bombes lacrymogènes. Dans le feu de l'action, Mario, mon gancho, fut blessé à la tête. Le cuir chevelu ouvert ne laissait pas apparaître de fracture. Et pourtant mon gancho commença à dérailler.

Au cours de la même épreuve de force, Carmelito, un leader syndical, resta aux mains de l'armée. Certains le disaient assassiné. D'autres prétendaient qu'on l'avait déporté à l'île de Pâques, en plein océan Pacifique, là où les statues les plus énigmatiques du monde dominent le camp de concentration où croupissaient les prisonniers politiques chiliens.

L'arrestation de Carmelito ne calma pas la révolte. Elle devint plus insidieuse, plus sournoise. Il y eut des grèves perlées, des sabotages. De plus en plus de violence et d'anarchie.

Pour sortir véritablement de nous-mêmes, nous avions mieux que le jeu, mieux que d'évoquer les filles, mieux que les réunions du syndicat. Il s'agissait, là aussi, d'une sorte de jeu brutal et démentiel où l'on engageait sa santé et même sa vie. Peu d'entre nous s'y risquaient. Seuls les plus atteints par la solitude, les plus nostalgiques, les plus touchés par l'enfermement, participaient à ces libations nocturnes. On se réunissait clandestinement dans une cavité désaffectée où le froid et l'effroi nous saisissaient d'emblée. Il faut imaginer une grotte gigantesque capable de contenir, dans des flancs rongés jusqu'à la croûte, une cathédrale comme Notre-Dame de Paris. C'est là, avec nos frontales, que nous préparions le pajaro-verde (l'oiseau vert) dans un chaudron posé dans un brasero.

Aujourd'hui, il me paraît impensable que la direction ait ignoré le lieu et la cérémonie qui s'y déroulait. Plus probablement, direction et syndicat savaient et laissaient faire.

Tantôt nous n'étions qu'une poignée, tantôt une trentaine, quelquefois plus encore, à nous réunir et à nous débattre dans ce que mon gancho appelait le « carnaval des ténèbres ».

Ça commençait par des prières, des litanies, des murmures, où chacun faisait part de ses envies, de ses angoisses, de ses aspirations. Et tandis que nous nous battions la coulpe en faisant monter graduellement la tension, un maître en boisson que l'on tirait au sort parmi l'un d'entre nous dosait le breuvage qui nous permettait d'apercevoir l'« oiseau vert », et pour certains d'entre nous, de le chevaucher.

Je ne peux dire aujourd'hui, cinquante ans après, si le mélange était savant ou plus ou moins approximatif. Quoi qu'il en soit, il était explosif, incendiaire. Il nous mettait le feu aux trousses et la tête à l'envers. Il s'agissait d'un élixir diabolique, d'une recette uniquement composée d'ingrédients utilisés par nous-mêmes dans notre travail de tous les jours. Ainsi ne bouillaient dans la marmite que des choses permises, que l'on respirait par ailleurs d'un bout de l'année à l'autre. L'alcool étant banni de la mine, le maître en boisson faisait avec ce qu'il avait sous la main. Il associait le TNT au gasoil, brassait la poudre de dynamite à l'éther, panachait le tout d'antigel, couplait avec de la pyrite de cuivre écrasée et juste ce qu'il fallait d'eau de Javel pour assassiner les bactéries. Quand la sauce avait bien pris, on laissait refroidir un peu et chacun pouvait alors boire à la louche. Celle-ci tournait, pareille à un joint. On se la passait et on se la repassait. Certains avalaient cul sec. D'autres prenaient leur temps. Ils buvaient par petites gorgées et se faisaient insulter par ceux qui attendaient leur tour.

L'effet ne tardait pas. Il arrivait soudainement à la troisième ou à la quatrième louchée. C'était d'abord comme un éclatement dans le ventre, une chaleur dans l'estomac. Et très vite, en quelques secondes, le feu gagnait le cerveau et l'embrasait de flammes vertes. Ces flammes qui s'échappaient du cerveau se répandaient alors tout autour de nous en virevoltant comme des oiseaux. Il y en avait des dizaines, des centaines, qui dansaient, fluorescentes, dans les ténèbres. Et

chacun, en titubant, en hurlant, se lançait à la pour-
suite de son pajaro-verde. On avait si chaud que les
habits devenaient insupportables. Ils nous brûlaient,
nous piquaient l'épiderme. On se déloquait comme on
pouvait. On lâchait les écharpes, les vestes, les bottes,
les chaussettes, le pantalon. Et même le slip.

Tout nus, maigres, vêtus de notre seule folie, on
était effrayants à voir. Bien sûr, on se s'en rendait pas
compte. Et lorsque nous étions pris de faiblesse, de
crampes au ventre, de vomissements, le maître des
boissons arrivait avec sa louche et nous remettait ça.

La danse durait des heures. On était ailleurs, en
transe, au-delà de nous-mêmes, dans une sorte de
volière où les perroquets, peu à peu, picoraient nos
rêves d'oiseau. Quand le feu nous abandonnait pour
laisser la place au froid glacial, c'est que le mélange
n'agissait plus intensément. Il était passé dans le sang
et stagnait au fond de nos veines. Alors on se rhabillait
comme on pouvait avec n'importe quoi de n'importe
qui. Peu à peu, la raison revenait, les oiseaux verts dis-
paraissaient. Les plus valides ramassaient les malades.
Ils les traînaient comme des sacs à travers les galeries
humides et les déposaient devant leur chambrée.

Une nuit, en pleine séance d'exorcisme, Mario
m'avertit qu'il partirait sur les ailes du pajaro-verde.
Des pajaros, il y en avait déjà pas mal qui tournoyaient
autour de nous, mais Mario, un habitué de ces carna-
vals des ténèbres, ne parlait pas de ces oiseaux-là. Son
pajaro à lui, c'était l'anda-rivel, le monstrueux serpent
de ferraille, un manège de bennes d'acier où personne

ne vous tendait le pompon. Lorsqu'on s'y embarquait en plein hiver, on avait une chance sur mille d'arriver en bas vivant.

J'étais comme Mario, en plein délire. J'essayais néanmoins de le raisonner. Je ne voulais pas perdre mon gancho. Encore moins le pleurer. Le pire, c'est qu'il m'invitait à le suivre. Je dus refuser de toutes mes pauvres forces et lutter contre le démon qui le tenaillait. Mario, c'était mon aîné, mon chef, mon copain, mon associé en explosifs. Cette nuit-là pourtant Mario ne me fascinait plus. Mes oiseaux verts ne ressemblaient pas aux siens.

Il était débraillé, hagard. Il me proposait la vie rêvée. Moi, bien sûr, j'étais partant pour les putes, mais pas au prix de ma vie.

Curieusement je ne l'ai pas empêché de partir. Je l'ai même aidé à s'emmitoufler dans des couvertures, un blindage de laine et de plume. Ficelé dans une couette, il râlait parce qu'il était déjà bouillant, parce que son slip et son tricot de corps lui brûlaient la peau. Il gueulait mais il résistait à la douleur. Pour les nichons de Margarita il aurait enduré n'importe quel supplice !

Ainsi engoncé, maladroit, lourdaud, Mario faillit rater son embarquement dans cette espèce de télésiège où il n'y avait pas d'autre solution que de s'accroupir. Une fois calé, il me fit un signe de la main et me salua :

— Hasta luego, companero !

Dehors il faisait − 20 °C. Je n'ai jamais revu mon gancho.

Au printemps, les filles sont revenues à la mine. J'ai parlé de Mario à Margarita. Elle a eu un petit sourire triste et elle m'a dit :

— Si j'avais su qu'il était aussi dingue de moi, je lui aurais peut-être donné mon cul pour rien.

Moi aussi, j'étais fou d'elle. Je n'ai pas osé le lui dire...

19

Grèce : la fille d'en face

Je louais une chambre à Athènes, dans la vieille ville. Mon balcon donnait sur une ruelle. J'aimais m'y installer avec un livre. La rumeur montait jusqu'au quatrième étage. Les bruits de la rue, les bruits de la vie sur fond sonore de sirtaki. Venaient encore jusqu'à moi les odeurs d'agneau grillé, de pain chaud et d'huile d'olive.

De l'autre côté de la rue, juste en face de mon hôtel, il y en avait un autre de catégorie inférieure. Les clients, pour la plupart des routards, s'y succédaient. Ils n'y restaient qu'une nuit, si bien que l'on n'avait guère l'occasion de lier connaissance de balcon à balcon.

De mon fauteuil, un authentique rocking-chair américain des années trente rapporté par quelque marin, j'avais une vue plongeante sur la chambre du troisième face. Généralement il ne s'y passait pas grand-chose. Quelquefois une silhouette chevelue et barbue se découpait dans l'encadrement de la fenêtre. D'autres fois, un corps gracile, drapé dans les rideaux, rabattait les volets à l'heure de la sieste. Toute la ville, toute la rue s'endormaient en même temps. Athènes était alors engourdie et alanguie, sensuelle et prometteuse.

Un après-midi caniculaire, je rêvassais sur mon balcon frappé de torpeur, quand j'aperçus une fille nue dans la chambre d'en face. Elle évoluait gracieusement dans la pénombre. Je distinguais pourtant ses traits, ses formes. C'était une beauté blonde à la chair ambrée, le genre étudiante californienne.

Pas très à l'aise dans mon rôle de mateur, je fis semblant de ne pas la voir. Je repris mon bouquin et le feuilletai tout en épiant l'étage du dessous.

A vrai dire je n'en crus pas mes yeux. La fille se rapprocha de la fenêtre et entrouvrit les persiennes.

Libre, superbe, elle m'apparut dans toute sa nudité. Elle porta les mains à sa poitrine et en dessina lentement le galbe du bout des doigts. Elle resta ainsi, innocente ou salope, quelques secondes dans la lumière tamisée, puis elle ramena les jalousies vers elle sans me jeter le moindre regard.

Fortement troublé, j'imaginais la fille d'en face étendue sur son lit. Je la devinais alanguie, enfiévrée, offerte. Que de mystère derrière ces volets fermés ! Que de volupté, que de moiteur !

Je n'en pouvais plus. Ecrasé de chaleur, étouffant de désir, je laissai tomber mon livre, un ouvrage monumental de René Grousset, *L'Empire des steppes*.

La chute du livre réveilla ma compagne. La voix pâteuse, elle demanda :

— Que fais-tu dehors par cette fournaise ? Tu ferais mieux de venir te coucher.

L'invitation était tentante. Je m'apprêtais à rentrer quand les persiennes d'en face s'entrouvrirent de nouveau.

Cette fois, la fille me regardait. Du moins en étais-je persuadé. Je ne distinguais pas très bien son visage. En revanche, éclairé par un rai de lumière, le ventre s'exhibait, magnifique. On voyait les doigts qui allaient et venaient sur le velours de l'entrecuisse.

On resta un long moment à se provoquer et à s'exciter, comme cela, d'une fenêtre à l'autre. On se rendait caresse pour caresse, plaisir pour plaisir, gémissement pour gémissement.

Aveuglé par l'envie, j'en oubliai ma femme et mon voisin de balcon, un Anglais, le genre beau gosse ténébreux. Il était dans sa chambre, je l'entendais.

Enfin, la fille d'en face se décida. C'était sans équivoque. Elle m'appelait du geste, me conviait à venir chez elle.

Il ne m'en fallait pas davantage. Un coup d'œil sur ma femme me rassura. Elle dormait. Je passai devant elle sur la pointe des pieds et dévalai l'escalier quatre à quatre.

Pas assez vite cependant. Quand j'arrivai dans la rue, l'Anglais s'y trouvait déjà. Il était comme moi, torse nu, en slip.

Je le vis qui s'engouffrait dans l'immeuble d'en face.

Brisé dans mon élan, j'eus un regard dépité vers le troisième gauche. Tout à coup, les jalousies s'ouvrirent et se refermèrent aussitôt dans un claquement sec.

Il y avait eu confusion, télescopage. La fille d'en face n'en voulait qu'à mon voisin. Elle l'avait dragué de sa fenêtre sans même faire attention à moi. Alors, en imaginant l'Anglais, à l'affût, dans tous ses états, de l'autre côté du treillage, je partis d'un énorme éclat de rire qui secoua toute la ville.

Quelques jours plus tard, je fis connaissance de la fille d'en face. C'était une Suédoise des environs de Göteborg, une fille de la campagne qui moissonnait en jean et tombait les hommes comme on fauche les épis. Pour un peu, après les avoir rassasiés, elle les aurait battus, vannés, et mis en sacs.

A part ça, la fille d'en face était bonne comme le bon pain, ce qui ne l'empêchait pas de jeter des regards assassins.

Dois-je avouer que la fille d'en face m'a longtemps poursuivi ? Où que j'aille, de mes balcons, de mes fenêtres, de mes terrasses ou de mes terre-pleins, elle m'apparaissait derrière ses volets et m'affolait de sa nudité.

Pour quelque temps, pour quelques rêves, la fille d'en face fut ma femme-locomotive. Elle entraîna tout un train de fantasmes derrière elle, des wagons pleins d'idées folles, tout un chargement de gentilles perversions.

Pour elle, à mon retour de Grèce, j'ai écrit « La moissonneuse » et « Sur ton ventre de soie ». Peut-être se reconnaîtra-t-elle...

Elle était là sur sa machine
Les cheveux blonds et dans son jean
Elle conduisait sa moissonneuse
Comme une automitrailleuse

Elle fauchait les épis de blé mûr
Comme des fusillés contre un mur :
Pas un cri, pas un murmure
Elle était cruelle et sans pitié
Elle était très belle dans la rosée
En assassin des champs de blé.

Elle moissonnait les chimères
Elle engrangeait l'éphémère.

Elle avait un corps de femme
Aussi beau qu'son corps de ferme
Elle avait une cour en U
Et le plus joli des culs
Elle avait des chiens-assis
Sous le toit de sa maison
Elle avait surtout aussi
Un joli petit chaton
Caché sous son pantalon.

Elle moissonnait les chimères
Elle engrangeait l'éphémère.

Elle était là sur sa machine
Les cheveux blonds et dans son jean
Elle conduisait sa moissonneuse
Comme une automitrailleuse
Elle fauchait les épis de blé mûr
Comme des fusillés contre un mur :
Pas un cri, pas un murmure
Elle était cruelle et sans pitié
Elle était très belle dans la rosée
En assassin des champs de blé.

Je n'ai jamais voyagé avec la fille d'en face. Cependant, elle m'accompagna dans bien des pays, dans bien des lits, dans bien des ventres de soie.

J'aime, j'aime
J'aime voyager avec toi
J'aime, j'aime
J'aime t'emmener avec moi
Vers un plaisir d'Himalaya
Du bout des doigts
Du fond de moi
J'aime, j'aime voyager sur ton ventre de soie
J'aime voyager à l'intérieur de toi
J'aime, j'aime
J'aime voyager en écoutant ta voix
J'aime voyager en me perdant en toi.

J'aime, j'aime
J'aime voyager avec toi
J'aime, j'aime
J'aime t'emmener avec moi
Vers un désir d'Himalaya
Du bout des doigts
Du fond de moi
J'aime, j'aime
J'aime voyager sur ton ventre de soie
J'aime voyager à l'intérieur de toi
J'aime, j'aime
J'aime voyager dans le creux de tes bras
J'aime voyager en me perdant en toi...

20

Iran : d'Ispahan à Téhéran

Mon premier voyage en Iran date de 1948. Je ne connaissais pas grand-chose de ce pays que j'appelais encore la Perse. Aller en Perse, c'était plus magique que d'aller en Iran.

J'arrivai à Ispahan dans une vieille Simca, après avoir crapahuté à travers l'Anatolie et reçu une balle dans mon pare-brise. La balle turque ne fait pas partie de mon histoire. Elle faillit quand même m'empêcher de la raconter.

Complètement fauché, riche de mes seules peintures, une vingtaine de toiles que je comptais bien vendre à la cour du shah, je cherche un petit hôtel pas cher et je déniche une pension où descendent mollahs et ayatollahs. L'endroit ne paye pas de mine mais il respire la spiritualité et la religiosité.

Un grand barbu enturbanné m'accompagne jusqu'à la chambre, une cellule de moine, austère, dépouillée de tout superflu.

Au lieu de me laisser, le barbu s'assied sur le rebord du lit et me regarde d'une étrange façon. Gêné, je commence à déballer quelques affaires de mon sac de voyage et les empile dans un coin de la pièce.

Comme le barbu occupe toujours mon lit et que je ne sais pas comment me sortir de cette situation à la Lawrence d'Arabie, je gagne du temps. J'attrape un petit savon extra-plat posé sur la table de nuit et me dirige vers le lavabo pour me laver les mains.

Soudain, alors que je m'apprête à ouvrir le robinet, l'homme se précipite brutalement sur moi et m'arrache le savon des mains.

Je me rebiffe, je me défends. Il me cogne et me ceinture.

Paniqué, j'appelle au secours.

Arrivent d'autres religieux qui nous séparent et me sermonnent. En grande colère, l'un d'eux agite la savonnette sous mon nez et m'explique que ça ne mousse pas. Il crie au sacrilège et m'invite à reconnaître les faits.

Je m'excuse et je reconnais devant tout le monde que, sans la célérité de mon ange gardien, je me serais lavé les mains avec une tablette à prières.

Quelques jours plus tard, remis de mes émotions, je présente mes peintures à un couple d'Iraniens. Ils en achètent deux et m'invitent à dîner dans le plus grand restaurant de Téhéran.

Je goûte ainsi mon premier caviar, ma première langouste. Chez nous, en France, nous en étions encore au rutabaga et au topinambour.

Pas de problème avec les œufs d'esturgeon. Ils fondent dans la bouche, enchantent le palais. Les ennuis surviennent avec la langouste, cette drôle de bestiole que je ne sais comment attaquer. Plutôt que de patienter et d'imiter mes hôtes, je croque dans la carapace à pleines dents.

Mes acheteurs marquent la surprise. Choquée, la femme me demande :

— Comment ça, Jacques, vous mangez la carapace ?

A son ton, à mes mâchoires douloureuses, je comprends mon malheur. Je suis en train de commettre un autre sacrilège.

Au lieu de le reconnaître, je me drape de fierté et je réponds :

— Mais madame, moi, dans la langouste, je n'aime que la carapace !

Consternation chez mes hôtes. Ils me regardent avec intérêt et compassion.

Au bout d'un moment, alors que je m'escrime toujours sur ma carapace, l'Iranienne pose la sienne dans mon assiette et me dit :

— Permettez-moi de vous offrir celle-ci.

Je ne savais plus quoi faire, quoi dire. Je ne pensais qu'à sauver la face. Il y allait de ma réputation, de mon honneur.

Non seulement j'ai achevé cette seconde carapace mais encore, pour ne pas décevoir mes acheteurs, j'ai entièrement mangé celle de son mari.

Le lendemain on m'a soigné dans une clinique de Téhéran. Je ne sentais plus mes gencives, ni mes joues. J'avais la langue grosse comme le pied d'un enfant de douze ans, sans parler de l'estomac et de l'intestin cisaillés qui criaient pitié.

En 1978, je suis retourné à Téhéran dans l'avion de l'ayatollah Khomeiny.

L'euphorie, le délire, la masse populaire en liesse.

Un nom courait sur toutes les lèvres : « Neauphle-le-Château », « Neauphle-le-Château ».

Et soudain, au milieu de cette multitude, quelqu'un posa la main sur mon épaule :

— Vous êtes français, n'est-ce pas ?

L'homme était âgé, environ quatre-vingts ans. Il se tenait droit et fier.

Il répéta :

— Vous êtes français, n'est-ce pas ?

Je le rassurai.

Il poursuivit :

— Il y a une trentaine d'années j'ai acheté des toiles à un certain Lanzmann. Le connaissez-vous ? Savez-vous s'il peint toujours ?

J'ai eu si peur que ne ressorte cette histoire de langouste que je n'ai pas eu le courage de me présenter. Pris subitement dans un mouvement de foule, j'ai répondu au hasard :

— Oh ! Lanzmann, oui, je vois, mais je crois bien qu'il est mort...

21

Niger : le cadeau des Peuls

C'était au Niger dans les années soixante-dix. Je crapahutais quelque part entre les monts Baguezanes et le Ténéré.

A ma gauche, un paysage torturé, une zone volcanique et révoltée. A ma droite, mais encore très loin, le contraste absolu. Je devinais la sérénité du désert, des draperies de dunes, les longs rubans sinueux qui s'enlacent les uns aux autres et se perdent parfois dans les trous d'ombre.

Pour l'heure, ça n'était ni la brousse ni la caillasse. Plutôt une sorte de savane buissonnière et sableuse.

A quelque temps de là, j'avais traversé une vallée verdoyante, aperçu des gazelles, des bouquetins, des singes. Mais oui, des singes, toute une colonie de petits babouins qui s'épouillaient non loin d'une guelta.

L'eau claire courait dans les rases. Elle irriguait les champs, les pâturages, les jardins. Ça sentait bon la coriandre et la menthe.

J'avais levé ma caravane dans un village de l'Aïr. Oh ! quelque chose de bien modeste : quatre dromadaires accompagnés de leurs chameliers, deux Touareg de la tribu des Kel-Oui.

Depuis le premier jour, nous marchions sans interruption de sept heures à seize heures, si bien que nous sautions le repas de midi. Cela nous évitait le déchargement et le chargement des bâts. On gagnait du temps et de l'énergie. Mes caravaniers n'étaient pas d'accord. Ils maugréaient, me menaçaient d'une grève perlée. Manger sur le pouce une ration de farine de dattes au piment et un morceau de fromage de lait de chamelle ne leur convenait pas.

Le luxe du nomade, c'est de ne pas tenir compte du temps. C'est de s'arrêter pour manger quand il y a de quoi manger. C'est allumer le feu, préparer le thé à la menthe et cuisiner durant des heures. A cet effet, mes compagnons s'étaient encombrés d'un important matériel : brasero, batterie de casseroles et de poêles, marmites, bassines, bouilloires, lampe-tempête.

Une fois le bivouac établi, ils étaient à leur affaire. Fini la mauvaise humeur, les récriminations. Ils se rattrapaient sur le temps. Ils pelaient, ils râpaient, ils pétrissaient, ils chantaient tard dans la nuit.

Un soir où la préparation du dîner traînait plus que de coutume, je me rendis dans un campement voisin du nôtre. Aux rires, aux plaintes des gosses, aux meuglements des bêtes, se mêlaient le grincement des poulies, le « plof » des seaux touchant le fond du puits, le tintement des clochettes, le choc sourd des outres pleines jetées à terre. On entendait toutes sortes de bruissements, feutrés, un bourdonnement de vie des plus discrets comme si la vie elle-même battait au ralenti.

177

J'étais chez les Peuls-Borroro, des nomades dont on sait peu de chose tant ils s'effacent derrière la modestie et le secret. Peuple de toute beauté, les Peuls allient la grâce du geste et la noblesse du cœur à une existence matérielle faite de dénuement et de fatalité qui confine à la misère.

Au Niger pourtant, il n'y a pas de Peuls sans troupeau. On peut même dire qu'il n'y a pas de troupeau sans Peuls. Buffles et Peuls vivent en osmose. L'un sans l'autre, ils sont perdus. L'un avec l'autre, ils sont sauvés. Oui, tout juste sauvés par quelque lien mystérieux qui les unit et les condamne cependant à errer. C'est que le Peul-Borroro n'attache pas de valeur marchande à son troupeau. S'il se nourrit du lait de ses buffles, il ne vend ni son lait ni ses buffles, à croire que le Peul est le vacher du monde, le berger de Dieu. Le Peul a choisi de conduire son troupeau, et seulement de le conduire, comme si ce troupeau était le garant de sa pérennité, le symbole même de son identité. Pour un Peul, abattre un buffle, en faire de la viande, équivaudrait à s'abattre lui-même.

Il y a sans doute d'autres raisons, d'autres forces obscures et cosmogoniques qui régissent le système social peul et obligent ce peuple des pâturages à vivre dans la plus grande des pauvretés.

Moi, je n'avais ce soir-là d'autres raisons de me trouver parmi ces Peuls que celle d'attendre l'heure de mon dîner. Et tandis que j'espérais un appel de mes chameliers, je flânais d'une tente à l'autre, répondant aux rires, à d'autres sourires.

J'étais frappé par la distinction et le charme des femmes. Par la finesse des attaches mais encore par les visages émaciés. Chez les hommes, la maigreur était encore plus évidente. Décidément, quelque chose n'allait pas. A cette beauté, à cette grâce, il manquait la vivacité et l'entrain. Est-ce que la douceur apparente, ce trompe-l'œil des peuples en péril, n'était pas plutôt une langueur, une apathie ? Cette manière de se déplacer, cette lenteur n'étaient-elles pas le symptôme de l'affaiblissement ? En un mot, est-ce que ces Peuls-Borroro dont j'investissais le campement n'étaient pas en train de mourir de faim auprès de leurs buffles ? Je n'eus pas à me poser la question bien longtemps. Alors que je sortais d'une tente impressionnante de désordre et de déjections, une femme m'aborda et me tendit son enfant. C'était un bébé de quelques jours, peut-être une ou deux semaines. Il était langé dans un chèche de coton bleu. Les yeux fermés, il dormait.

— Prends, il est à toi !

Comme je semblais ne pas comprendre, la femme insista :

— C'est ma fille. Je te la donne.

Je refusai énergiquement et m'éloignai.

Elle me rattrapa. Cette fois, une autre femme l'accompagnait. Elle était plus âgée et parlait un peu le français :

— Elle te donne sa fille et tu dois la prendre. Avec toi, elle va vivre, avec nous, elle va mourir.

Ça n'était pas la première fois que l'on essayait de me coller un gosse sur les bras. Au Pérou chez les Quechuas, au Paraguay chez les Guaranis, au Mexique chez les Toltèques, et même chez les Touareg de l'Aïr, on m'avait déjà fait des propositions semblables. Jusqu'alors je m'en étais bien tiré. Cette fois, j'étais habité d'un mauvais pressentiment. Je me défendais mal.

— Je vous remercie beaucoup, que voulez-vous que j'en fasse ? Je n'y connais rien en bébés. Je ne sais pas ce que ça mange, ce que ça boit. Non, vraiment, vous vous trompez de bonhomme ! Laissez-moi tranquille, foutez-moi la paix !

J'avais élevé la voix, pris un air méchant. Je m'apprêtais à décamper quand d'autres femmes arrivèrent avec d'autres bébés. Elles me barrèrent la route.

Je ne sais pas exactement ce qui se passa en moi à cet instant. Etait-ce la peur, la panique, la crainte que l'on me refile, coup sur coup, une dizaine de nourrissons ? Ou les conséquences d'une blessure de l'enfance dont la cicatrice s'ouvrait à nouveau soudainement ?

Quoi qu'il en soit, et après d'interminables palabres, je repartis bel et bien vers mon bivouac avec l'enfant dans les bras. Comme la mère trop malade ne l'allaitait pas, on m'offrit une bufflette en prime.

Inutile de dire que je ne dînai pas de bon appétit. Quant à la nuit, elle fut à la fois belle et pénible, meublée d'émerveillements et de réflexions.

J'avais pris la petite contre moi. Elle sentait le lait caillé, le coton mouillé, une odeur de cuir. Qu'y avait-il à l'intérieur du gri-gri qu'elle portait autour de son cou ? Quelle sorte de forces s'y conjuguaient ? De quel sortilège se composait-il ? Le destin de l'enfant y était-il inscrit ?

Au cours de la nuit, la petite se réveilla plusieurs fois. La faim, la soif, l'absence de sa mère. J'avais fait au mieux, donné le biberon, chantonné des comptines.

Je n'en revenais pas. Dans quel piège étais-je tombé ? Dans quel merdier m'étais-je fourré ? Que faire de la gosse : la rendre, la donner, la garder ?

Ivre de questions, je finis tout de même par m'endormir.

A mon réveil, j'étais revenu de ma propre folie. La nuit m'avait porté conseil. J'encordai la bufflette et ramenai la petite chez elle. Les parents n'en voulurent pas. Chez les Peuls, tout comme chez nous, on ne rend pas ce que l'on vous a donné. A l'injure s'ajoute la malédiction. Il ne me restait plus qu'à modifier mon itinéraire pour déposer l'enfant dans un village ou une gendarmerie.

Comme mes deux caravaniers de la tribu des Kel-Oui approuvaient cette décision, on se mit en route dans le milieu de la matinée. Nous avions installé le bébé à dos de chameau sous une sorte de dais. Il reposait, à l'aise, dans la bassine à vaisselle que l'on avait solidement amarrée à l'avant de la bosse. C'était le berceau idéal. Dès les premiers pas, ma petite Peul s'endormit.

Derrière le chameau suivait la mère nourricière. Elle avançait à notre rythme. Mais qu'allait-elle devenir à l'approche du désert ? J'en étais là de mes questions et de mes interrogations quand un Land Rover immatriculé en Suisse pila sec à notre hauteur. Il en sortit une femme très agitée. Tout de suite elle demanda :

— Il paraît que vous avez adopté un enfant peul. Est-ce que je peux le voir ?

Au comble de la surprise, je répondis :

— Je n'ai rien adopté du tout, on me l'a fourgué.

— Fourgué ? Vous voulez dire qu'on vous l'a donné ? Pour rien ?

— Mais oui, pour rien. Et en plus, ils m'ont offert la vache.

Soupçonneux, je demandai :

— Mais qui êtes-vous ? Qui vous a prévenue ?

La Suissesse se calma. Elle eut un sourire de maîtresse d'école et me regarda avec compassion. Elle dit :

— Je travaille pour une ONG. Nous défendons l'identité des peuples rares. Et croyez-moi, nous avons fort à faire avec les Peuls. A la moindre disette, ils se débarrassent de leurs nouveau-nés.

Elle ajouta :

— Je peux le voir ?

L'un des Kel-Oui fit agenouiller le chameau. Il attrapa la bassine et la déposa aux pieds de la femme. Elle eut une gentille expression :

— Il est beau, je le prends !

Je demandai :

— Vous le prenez pour vous ?

Elle hésita :

— Pour moi, je ne crois pas, mais on lui trouvera bien une famille d'adoption.

Elle eut un élan dans la voix :

— Mais vous avez peut-être l'intention de vous en occuper ?

Mon cri partit du cœur :

— Non, pas vraiment. En réalité, vous tombez bien.

Satisfaite, la Suissesse ouvrit la portière de son Land et demanda :

— Je peux garder la bassine ? Il est drôlement bien là-dedans.

Je répliquai :

— Si vous pouviez aussi prendre la bufflette, ça m'arrangerait !

Elle toisa la vache d'un air amusé :

— Vous croyez qu'elle rentrerait dans mon Land ?

Aidés des Kel-Oui, nous avons transformé l'arrière du véhicule et soulevé l'animal à bras-le-corps. Il rentrait de justesse.

Comme la Suissesse s'apprêtait à partir avec celle qui fut ma fille l'espace d'une nuit, j'eus soudain un doute. Et si cette histoire d'ONG n'était qu'une invention ?

Je demandai :

— Dites donc, vous me signez quand même une décharge ?

Elle s'exclama :

— Une décharge, pour quoi faire ? Est-ce que les parents vous ont remis le moindre bout de papier ?

Elle avait raison. Les parents ne m'avaient remis qu'une petite fille dont ils ne souhaitaient pas la mort. ONG ou pas, la Suissesse lui sauvait la vie. Elle me tirait aussi d'un sacré mauvais pas.

Quinze jours plus tard, harassé et libre, j'arrivai à Bilma, l'oasis du sel. A peine avais-je choisi mon endroit de pause qu'une femme toubou s'avança vers moi. Elle tenait un bébé dans les bras. Elle le protégeait du vent de sable sous un voile de coton bleu.

Ma première réaction fut de la chasser. Je n'étais pas le papa de tous les gosses du monde.

Un peu plus tard, saisi d'une folle appréhension, j'allai vers la femme et m'excusai. Ça se bousculait dans ma poitrine et mes tempes.

Je dus me raisonner, me préparer au pire. Enfin, avec d'infinies précautions, je relevai le voile qui protégeait le visage de l'enfant.

Ouf ! Ce n'était pas ma petite Peul...

22

Asie centrale : Allah est grand

L'ambiance n'était pas des meilleures. Nous marchions depuis une dizaine de jours sans vraiment savoir ce que nous allions trouver devant nous.

Jusqu'alors, accablés de chaleur, étreints par l'inconnu, on allait de dune à dune, grignotant chaque jour un peu plus, au pas à pas, l'océan de vagues jaunes qui nous submergeait. On se disait que l'on finirait bien par apercevoir ses rives ou par tomber sur cette fameuse rivière souterraine que la carte mentionnait.

La carte datait du siècle dernier. Elle appartenait à M. Jô, l'officier de liaison qui nous accompagnait dans cette expédition franco-chinoise. Et Jô n'était pas au mieux de sa forme. En cours de route, il avait perdu le moral. Perdu aussi les deux cameramen et toute l'équipe qui assurait la logistique, soit une douzaine de bonshommes chargés d'acheminer notre matériel et notre ravitaillement.

Les dunes avaient eu raison des camions. Heureusement, il nous restait les chameaux, de vrais chameaux à deux bosses que leurs maîtres, deux Ouïgours de confession musulmane, protégeaient comme leurs propres enfants. Je n'ai jamais vu chameliers plus tendres et plus respectueux de leurs bêtes. Elles recevaient gâteries et caresses. Elles obéissaient au clin d'œil, à l'effleurement des doigts sur l'encolure. Cette douceur dans les rapports, cette tendresse entre hommes et bêtes me donnaient à regretter de ne pas être né chameau.

Jusqu'alors, ils se contentaient d'effectuer de menus travaux, de courts transports, d'oasis à oasis, le long de cette route de la soie. Les riverains considéraient le désert comme une terre maudite dont les rares inconscients à s'y être aventurés n'en étaient jamais revenus.

Sur ce désert qui avait englouti, au fil des millénaires, nombre de cités florissantes et de trésors inestimables, couraient les plus folles rumeurs. On le disait peuplé d'esprits malfaisants, de démons assoiffés de sang. Mais on évoquait aussi les armées de fantômes, les âmes revanchardes des habitants ensevelis, habiles à poser des pièges et à vous faire disparaître en un tournemain. A ces forces obscures, qui œuvrent depuis le fond des âges à détruire toute nouvelle présence humaine, s'ajoutaient, bien plus réelles celles-ci, les forces telluriques — les tremblements de terre et les tempêtes de vent qui propulsaient les dunes les unes contre les autres et faisaient jaillir, en pluie, des tonnes de sable bien au-delà des monts Kun-lun.

J'étais là, dans cet enfer, en compagnie de trois de mes amis. Jusqu'à présent l'enfer nous paraissait tout à fait acceptable. Si les esprits maléfiques s'étaient bien opposés à l'invasion des camions chinois, en revanche, ils semblaient nous accepter. Peut-être rusaient-ils ?

Peut-être nous laissaient-ils en paix pour mieux nous attirer vers eux et nous éliminer ? Chacun d'entre nous y pensait. A force, chacun de nous était habité d'appréhension. Nous évitions d'en parler. On cachait nos craintes derrière des accès de bonne humeur. On les planquait sous des plaisanteries. On les masquait d'une joyeuse apparence.

Jô, notre officier de liaison, la quarantaine, un gaillard trapu qui avait, disait-il, gravi les plus hauts sommets de Chine, faisait de même. Tant qu'il fredonnait en sourdine quelque refrain, on ne s'en préoccupait guère. Mais si par malheur il se mettait à chanter, à tue-tête, la *Traviata* en chinois, alors là, c'était mauvais signe. Et bien pire encore lorsqu'il dégainait son revolver et qu'il tirait sur d'invisibles ennemis. Il nous fallait alors user de diplomatie et de flatterie pour réussir à le désarmer. On lui expliquait que les ennemis invisibles sur lesquels il tirait n'étaient que des amis visibles, des amis qui marchaient, comme lui, dans le même désert.

La crise passée, Jô s'excusait. Nous lui rendions l'arme et la carte. C'était une manière de le conforter dans son rôle d'officier de liaison, quand bien même il n'était pas foutu de lier quoi que ce soit depuis que la radio militaire dont il avait la charge s'était tue brusquement. Chaque soir, on essayait d'entrer en contact avec Urumqi, la capitale du Xinjiang. On pédalait comme des dératés pour alimenter la dynamo et chaque soir le désappointement, le silence, pas même un grésillement...

Depuis dix jours nous mettions le cap à l'est. Aller à l'est, c'était probablement quitter l'enfer pour découvrir enfin l'éden. Nous n'avions pas d'autre choix que celui de suivre notre tracé initial. Si la carte de Jô s'avérait fiable, nous avions toutes les chances d'être dans les pas d'Aurel Stein et de Zven Hedin qui nous avaient précédés dans les années vingt. En vérité, nous n'en étions pas du tout certains mais nous faisions comme si, avec notre raison. Dans le désert, rien n'est pire que l'incertitude. Seul compte le choix. Qu'il soit le bon ou le mauvais, il débouche en tout cas sur une solution. Qu'importe qu'il soit négatif ou positif. Le choix est synonyme de direction. Il occupe, il mobilise. Il entraîne l'esprit et le mental dans la même dynamique. Certes, il arrive un moment où l'on peut revenir sur son choix. Un moment où il n'est pas fou de s'en détourner et de renverser les données. Au bout, c'est la loterie, le tirage. Il en sort la vie ou la mort.

Jô ne pensait pas comme nous. Il était dans le doute, dans le flou. Il entonnait la *Traviata* de plus en plus fréquemment. Par peur d'un accès de folie, d'une crise d'autorité, et même d'une balle perdue, on le surveillait de près. Dès qu'il s'endormait, on confisquait le revolver et les cartouches. Au onzième jour on le désarma définitivement. Sonné, il se laissa faire. On aurait dit qu'il s'y attendait, qu'il éprouvait même une sorte de plaisir à se tenir à notre merci.

Et au matin de ce onzième jour, tandis que nous venions de neutraliser Jô, les chameliers vinrent me trouver. J'étais l'aîné de l'équipe, l'ancien, le vieux. J'étais donc censé les comprendre, capable de revenir sur une décision.

L'un d'eux, un homme discret dont nous ne

connaissions même pas le nom de famille, m'expliqua avec force gestes et conviction qu'il avait été visité dans la nuit par Allah. Mais oui, Allah lui-même, et Allah, dans sa grande bonté, m'avait averti que nous nous étions égarés.

Le chamelier argumentait avec un bon sourire. Ce n'était pas le cas de son compagnon qui se contorsionnait, le visage ravagé par la douleur, mimant la mort de ses chameaux et notre propre agonie. Il grimaçait, langue pendue, plaignait ses bêtes assoiffées, m'invitait à me rendre compte que nous allions tous mourir de soif. Pour m'impressionner davantage, il roula à terre, bouche ouverte, les mains sur le ventre.

Je le relevai et tentai de le rassurer.

L'autre ne démordait pas de son rêve. Il avait vu Allah et Allah s'était montré formel. Je ne devais plus mettre le cap à l'est, mais aller plein ouest. C'est là que coulait la rivière, à deux jours de marche.

Comment ne pas prendre au sérieux pareille certitude ? Comment mettre en doute le message d'Allah sans indisposer définitivement nos chameliers ? Je m'efforçai de cacher mon trouble et pris l'avis de mes trois amis. Nous étions à peu près sûrs de notre position. A peu près sûrs, selon nos derniers pointages, d'être sur le chemin de la rivière. A peu près, oui, mais l'« à peu près » dépendait de la carte de Jô. Juste, elle nous donnait raison. Fausse, elle justifiait l'intervention d'Allah.

Comme les chameliers attendaient ma réponse, je pris mon meilleur visage, celui des bons jours et des bonnes nouvelles. Les deux hommes me regardaient gravement. Ça n'était pas le moment de perdre une seule de mes paroles. Ils ne parlaient pas français, on ne parlait pas ouïgour, mais cela ne nous empêchait pas de nous entendre. Au départ de l'expédition, nous étions convenus que chacun s'exprimerait dans sa langue.

Et dans ma langue, je dis :

— Allah est grand et nous devons l'écouter. Il nous conseille avec sagesse. Il nous a permis d'arriver jusqu'ici tous ensemble et de nous apprécier. Mais s'il vous plaît, permettez-moi de faire attendre Allah deux jours. Rien que deux petits jours. Et si nous ne trouvons pas la rivière d'ici quarante-huit heures, alors, je vous le promets, nous mettrons le cap dans le soleil couchant.

Il y eut un grand silence, une sorte de recueillement. C'était à se demander si Allah lui-même ne leur traduisait pas mes paroles.

Les sourires tardèrent à venir. Enfin, une poignée de main, un top sonore de paume à paume, scella la décision.

Le deuxième jour au matin on aperçut une sorte de ligne verte qui s'étirait à l'infini. Elle coupait le désert en deux. Peu à peu, on distingua des arbres, des buissons, toute une végétation dense et florissante. L'eau était au milieu de la ligne, quelque part sous le lit asséché de la rivière. Il n'y avait qu'à écorcher le sol pour la faire ruisseler aussitôt et boire jusqu'à revivre.

Ce matin-là, décidément, Allah fit bien les choses. A peine étions-nous rassasiés que l'on entendit, au loin, le rugissement d'un moteur. C'était l'équipe de Jô qui venait par la rivière. Les camions avaient contourné une bonne moitié du Taklamakan pour remonter la Kyria dans son lit. On rendit le revolver à Jô qui accueillit ses compagnons sur un air de *Traviata*. Il y eut des rires, de la joie, une fête des retrouvailles où chacun s'abandonna sans retenue dans une sorte d'extase victorieuse.

Seuls les chameliers restèrent à l'écart.

Comme ils me regardaient bizarrement, me prêtant, je crois, quelque pouvoir surnaturel, je les pris à part et leur dis :

— Rassurez-vous, Allah ne nous a jamais quittés. Il nous a guidés jusqu'ici. Et à l'ouest, voyez-vous, coule une autre rivière dont les flots d'or alimentent toutes les fontaines et les jets d'eau du paradis.

En vérité, à l'ouest, il ne coulait qu'un flot impressionnant de sable poussé par un vent fou qui décapitait les dunes...

Quelque temps plus tard, nous fûmes reçus en héros par les plus hautes autorités du Xinjiang. L'agence Chine nouvelle diffusa un communiqué de victoire ainsi libellé : « Ils sont revenus du désert d'où l'on ne revient pas ! »

On me logea dans le palais du gouverneur où j'occupai une suite modern style. Là, en manque de tendresse, j'entrepris de séduire la femme de chambre, une jolie Ouïgour effarouchée. Je lui adressai les plus belles déclarations d'amour, les plus merveilleuses promesses. Je me fis tour à tour chat et tigre, lion et panda. Je jouai les pressés, les pressants, les différents et même les indifférents pour subir en définitive des tortures d'amour-propre après avoir été rejeté, moi, un héros ! Il faut dire qu'Urumqi, la capitale du Xinjiang, est très éloignée du Taklamakan. Du désert, la jeune Ouïgour ne connaissait que celui des sentiments. Alors, pour me consoler, j'ai écrit deux chansons sur l'amour. La première me paraît aujourd'hui bien classique. La seconde me plaît davantage. A l'époque, je n'avais que soixante et un ans.

Amour bonjour, amour toujours
Amour recours, amour secours
Amour discours, amour tout court
Amour détour, amour retour
Amour humour, amour vautour.

L'amour dévore, l'amour à mort
L'amour à corps, l'amour à cris
L'amour déflore, l'amour qui mord
L'amour encore, l'amour à vie.

Amour ami, amour la nuit
Amour fini ou infini
Amour chéri, amour transi
Amour envie, amour bandit
Amour confit ou déconfit.

Amour matin, amour enfin
Amour de rien, amour sans fin
Amour malin, amour chagrin
Amour requin, amour défunt
Amour câlin, amour festin.

L'amour dévore, l'amour à mort
L'amour à corps, l'amour à cris
L'amour déflore, l'amour qui mord
L'amour encore, l'amour à vie.

Amour passion, amour faux bond
Amour flocon, amour mignon
Amour faucon, amour pigeon
Amour à fond, amour bidon
Amour typhon, ou polisson.

Amour amant, amour dément
Amour aimant, amour tu mens
Amour serment, amour serpent
Amour à sang, incandescent
Amour tiré... à bout portant.

L'amour dévore, l'amour à mort
L'amour à corps, l'amour à cris
L'amour déflore, l'amour qui mord
L'amour encore, l'amour à vie.

Amour charnel, amour mortel
Amour motel, amour tel quel
Amour de miel, amour de fiel
Amour sensuel, amour cruel
Amour en duel, amour mutuel.

Amour de ruelles, amour pucelle
Amour fidèle ou infidèle
Amour hymen, amour la haine
Amour obscène, amour amen
Amour migraine, amour suprême.

L'amour dévore, l'amour à mort
L'amour à corps, l'amour à cris
L'amour déflore, l'amour qui mord
L'amour encore, l'amour à vie.

« Assurance sur l'amour », la chanson qui suit, n'est pas un cri du cœur. C'est plutôt un cri du sexe. Et même un écrit sur le sexe. On doit le prendre à la troisième personne et non pas à la première. Pour paraphraser Romain Gary, disons qu'au-delà de cette chanson le ticket est encore valable...

Je veux pas d'assurance sur la vie
Je veux une assurance sur l'envie.
Je veux pas d'assurance sur la mort
Je veux une assurance sur l'amour.
Une assurance de le faire encore
Encore, encore, à corps et à cris
Et de n'être jamais assouvi.

Je veux une assurance sur l'amour
Une assurance de le faire toujours
Toujours, toujours, et tous les jours
Toujours, avec toi ou bien une autre
Avec toi et encore d'autres
Une assurance de faire l'amour
Avec le temps, avec la rage
Avec le vent, avec les nuages
Avec la mer, avec l'orage
Avec des muses, et des musiques
Avec des tendres, des romantiques
Avec des brutes, et des sadiques

194

Avec toi, et toutes les autres
Avec des saints et des apôtres
Avec des belles comme le soleil
Avec toutes celles qui ont des ailes.

Je veux une assurance sur l'amour
Une assurance de le faire toujours
Avec mes reins, avec mes mains
Avec ma fougue et mes ardeurs.
Quand aujourd'hui sera demain
Avec ma voix, comme un chanteur
Avec mon cœur, avec mon âme
Avec ma rage ou ma douceur
Avec ma bouche quand tu m'affames...

Je veux pas d'assurance sur la vie
Je veux une assurance sur l'envie.
Je veux pas d'assurance sur la mort
Je veux une assurance sur l'amour.
Sur l'amour...
Sur l'amour...
Sur l'amour...

23

Tibet : le vautour et le moine

Le charognard me suivait depuis un sacré moment. C'était une bête énorme, aux pattes trapues, aux serres effilées, au bec agressif.

Je me demandais combien de cadavres d'hommes il avait déjà nettoyés. De combien de cœurs, de foies, d'entrailles il s'était régalé.

Il me suivait tranquillement. Il paraissait sûr de son choix, sûr de son coup. Il attendait que je tombe pour fondre sur moi. Il allait commencer par les yeux, la cervelle. Ensuite il s'attaquerait à mes habits, il me mettrait à nu et me déchirerait le ventre. Je m'en faisais toute une histoire. J'étais sous l'effet de l'altitude et de la fatigue, entre euphorie et excitation. J'en voulais à tous les rapaces et à tous les requins de la terre. La haine m'aidait à gravir la côte qui n'en finissait pas de monter vers le col.

Au loin, tout en haut, j'apercevais le cairn hérissé de drapeaux de prières que le vent déchirait chaque jour un peu plus.

Le vautour se jouait des bourrasques. Il suspendait son vol pour mieux planer et décrivait des cercles, au

gré des courants d'air. Quand il en eut assez de me
suivre, il perdit de l'altitude et me devança. Il recom-
mença plusieurs fois la manœuvre et prit l'habitude
d'atterrir en amont.

Planté sur un tas de pierres, il me dévisageait alors
de son œil rond et fixe, un drôle de regard grave qui
traduisait l'anxiété et la demande, comme s'il espérait
quelque chose de moi.

Je n'aimais pas cette façon d'attirer mon attention.
Il me gênait.

J'avais beau le chasser et lui jeter des pierres, il se
fichait de mes insultes et esquivait mes projectiles. Il
repartait un peu plus loin pour remettre ça avec son
air triste. J'y lisais quelquefois une sorte de supplica-
tion. Et comme je ne m'apitoyais pas sur son sort mais
plutôt sur le mien, vexé, il décollait lourdement dans
un bruit d'ailes froissées pour recommencer son
manège un peu plus loin.

Je me disais qu'à force de se nourrir de chair
humaine, il avait peut-être ingurgité une part d'âme
qui traînait en haut des tours, au milieu des corps
dépecés. Mais d'où émanait cette âme ? A quelle créa-
ture de ma connaissance avait-elle appartenu ? Que me
voulait-elle ? Souhaitait-elle sortir de cette effrayante
enveloppe charnelle faite de bec et de serres pour s'enfuir ailleurs chercher meilleure apparence ?

Tout en peinant dans cette côte, les yeux rivés sur
les sommets enneigés, je me disais tout cela et bien
d'autres choses aussi quand un moine, robe bordeaux,
épaule nue, me croisa. Il allait d'un bon pas et d'un
bon sourire. D'un pas si rapide et d'un sourire si angé-
lique qu'il passa près de moi sans même m'apercevoir.

Intrigué, je me retournai. J'eus l'impression qu'il me découvrit au même instant. Il s'arrêta net et revint vers moi. Il avait une drôle de façon de tendre l'oreille en penchant sa tête de côté, comme pour mieux écouter. Je ne lui avais pourtant pas parlé. Il entendait une voix, certainement, mais laquelle ? Etait-ce celle du vautour qui planait juste au-dessus de nous ? Le moine eut un regard indulgent vers lui et joignit les mains en signe d'accueil. A vrai dire, je ne sus si le salut s'adressait à l'oiseau ou à moi-même. Je n'eus guère le temps de la réflexion car le jeune moine m'attrapa soudainement par le bras et posa sa tête contre ma poitrine comme on le fait pour une auscultation. Sérieux, attentif, il écoutait, croyais-je, les battements de mon cœur que l'altitude et l'effort poussaient à bout.

Je restai sur ma surprise, incapable de réagir autrement que positivement. Il se passe tant de choses sur les chemins du Tibet qu'il vaut mieux s'ouvrir à l'imprévu que de se refermer sur soi-même, quitte à bleuir un peu sous le choc. Je laissai donc faire le pèlerin tout en m'interrogeant sur ses qualités : pratiquait-il la médecine traditionnelle ? Allait-il me faire boire une potion ? Me demander de pisser dans mon bol pour analyser mon urine d'un simple coup d'œil ?

Je me trompais. Le jeune lama possédait une ouïe si fine qu'il entendait d'autres plaintes que celles de mon cœur.

Il se redressa d'un bond, me fit pivoter sur moi-même et colla son oreille contre mon sac à dos. Grand fut mon étonnement quand je me rendis compte qu'il plongeait ses mains à l'intérieur.

Au même moment, l'air se déchira tout à coup. Il y

eut un claquement sec suivi d'un affolant battement d'ailes. Le rapace se laissa tomber sur l'épaule nue du lama. Celui-ci n'eut pas même un sursaut. Bec menaçant, poitrail frémissant, l'animal nous dominait pourtant de son impressionnante envergure.

Les serres plantées dans la chair, le cou tendu, les yeux rivés sur l'ouverture du sac, il guettait les mains de l'homme.

On n'eut pas le bonheur de contempler la petite boule de duvet beige que le jeune moine ramenait à la lumière.

Rapide comme l'éclair, le vautour s'en empara et fila tout droit vers le ciel.

Je dus m'expliquer. Dire que je n'étais pas du genre à kidnapper un oisillon dans son nid. Dire que je n'étais pas d'un âge à faire ce type de blague, à commettre pareil crime.

J'y ai mis le temps et l'accent.

A son sourire, à la lueur qui brillait dans ses yeux, à la chaleur de sa poignée de main, j'ai su que le moine me croyait.

Comme tous les enfants du monde, les enfants tibétains sont espiègles. Et comme tous les enfants du monde, ils capturent des lézards, des grenouilles, des souris qu'ils élèvent. Comme tous les enfants du monde, ils ramassent les oiseaux tombés du nid et en prennent soin.

Il leur arrive aussi d'aller les dénicher et de faire des farces aux étrangers qui demandent asile pour la nuit.

Je les en remercie et leur dédie cette histoire.

Plus loin, plus tard, alors que je passais auprès d'une de ces tours naturelles où l'on débitait les morts du jour en tranches afin qu'il soit plus aisé aux rapaces de transporter les morceaux dans leurs serres, j'ai fait le pari avec moi-même d'inverser l'ordre des choses. Non pas cet ordre bouddhiste qui ne prête au corps sans vie aucun prix sinon celui d'une vulgaire enveloppe charnelle, aucune pitié, aucun recueillement, parce que privé d'âme, le cadavre ne mérite que de retourner à la poussière, que d'être recraché au néant par le cul des grands oiseaux.

Non, je parle ici d'un ordre matériel, d'une économie de moyens quand, faute de bois et d'une bonne flambée, on va au plus pratique, en jetant les morts aux grands prédateurs, aux loups, aux crocodiles, aux charognards, à tous ces nettoyeurs qui font le ménage des dieux. Il n'y a rien à dire. D'autres, ici-bas, nous mettent tout entiers, bien rasés, et même bien habillés, entre deux planches de bois. Là, on chasse les loups et les profanateurs de tombes mais on compte quand même sur les asticots pour fournir un travail impeccable. Il n'y a rien à dire, rien à faire. La religion, la culture décident de nos funérailles.

Renverser l'ordre des choses, manger le vautour au lieu d'être mangé par lui ne relève ni de la sagesse ni de la spiritualité, mais plutôt d'une solide superstition. Que ne ferait-on pour conjurer le sort quand nous sentons que ce sort nous échappe ?

De jour en jour, mon idée tournait à l'obsession si bien que je dus demander à un petit berger de m'abattre un rapace qui survolait son troupeau. J'avais besoin d'un sacrifice rituel.

Le petit n'était pas d'accord. Chez les Tibétains on ne tue pas par plaisir mais par nécessité. Comme je tentais de le convaincre, il accepta de me prêter sa fronde.

De lancer en lancer, je n'égratignais que le vent.

Morve au nez, emmitouflé dans sa peau de bête, le gosse riait de ma maladresse. Finalement, il se prit au jeu et m'enseigna comment donner l'élan à la pierre et à quel moment la lâcher.

Il fit mouche du premier coup. Atteint en pleine tête, le rapace, un monstre âgé d'une centaine d'années, dégringola à nos pieds. Celui-là, au cours de sa longue vie, avait bien dévoré un millier de personnes, des Tibétains et des Chinois, des paysans et des résistants, des moines et des laïques. Un millier, peut-être plus ? Peut-être le double ou le triple ? Peut-être qu'il s'était également payé quelques Européens, des anciens soixante-huitards qui faisaient retraite et pénitence dans les monastères ?

A leur mémoire, à leur santé, j'étais bien décidé à me le croquer casher. Je lui tranchai la gorge d'un coup de lame rageur et laissai le sang s'écouler. Hélas, il faisait si froid que le sang gelait en s'égouttant et formait un caillot autour de la plaie.

Les défunts, les rabbins me pardonneront. Je leur dirai comment l'animal s'était rebiffé, combien ses viscères puaient et combien j'en avais bavé pour le plumer.

La main nue, les doigts engourdis, souffrait de l'onglée, une douleur insupportable. Avec des gants de laine, l'exercice n'était pas des plus faciles. J'avais dû abandonner l'opération tant ce gâchis me dégoûtait. Je m'étais contenté d'une cuisse découpée sommairement et du foie que j'avais fait bouillir dans ma gamelle.

Le petit refusa de partager. Il préférait sa tsampa à mon plat. La farine d'orge et le lait caillé se digéraient mieux que le vautour. C'était plus tendre, bien sûr, mais c'était beaucoup moins chargé, beaucoup moins symbolique.

Le petit ne pouvait pas comprendre. Il me prenait pour un affamé, pour un cannibale. Et cannibale j'étais en mordant l'énorme foie à pleine bouche. Il était granuleux, sablonneux, comme si toutes ces parcelles qui grinçaient dans ma mâchoire étaient faites de tous ces disparus, de tous ces sans âme jetés en pâture le long du siècle à ce charognard.

Et tandis que je m'efforçais, moi le barbare, à me repaître de toute cette mémoire partie en fiente et de toutes ces existences exemplaires méchamment digérées, d'autres vautours fondaient déjà sur les restes de la dépouille et s'en disputaient les morceaux.

Manger mon vautour, c'était un acte volontaire, un remède salutaire et vengeur qui apaisait l'esprit. Ce n'est pas chaque jour que l'on peut se mettre un bourreau sous la dent.

Manger du vautour, c'était moins sacrilège que de faire manger du chien aux touristes qui arrivaient en car de Katmandou. Et quels chiens !

A quelques jours de la frontière népalaise, au terme

de mes mille kilomètres de marche à travers le Tibet central, je faisais halte à Shekar. Je m'étais arrêté pour la nuit dans une sorte de caravansérail qui accueillait les camions et les 4 × 4. La chambre était des plus frustes, d'un dépouillement extrême et d'une saleté repoussante. Néanmoins, l'endroit me changeait des trous à rat où je dormis trop souvent. C'était moins excitant que de partager une pièce commune où s'entassaient déjà paysans et cantonniers, mais c'était plus reposant. Je n'avais pas à me raconter, à me répéter, comme chaque soir depuis un mois. C'était toujours les mêmes questions, les mêmes étonnements. Toujours la même gentillesse, la même chaleur, les mêmes propos, tantôt mystiques, tantôt carrément paillards. On me prenait pour un fauché, pour un pèlerin. Mais au Tibet, fauché ne signifie pas « pauvre type ». Le pèlerin, lui, possédait des photos du dalaï-lama plein les poches. Et chaque matin, en remerciement, j'en laissais une ou deux sous mon bol de thé.

Le caravansérail de Shekar était tenu par des Chinois. Des militaires désœuvrés et débraillés s'y traînaient. C'était moins strict que dans les casernements de l'armée où l'on m'avait abrité par deux fois. Là-bas, c'était le règne de la discipline, de la rigueur et des punitions.

Les officiers chinois n'appréciaient pas de me voir sur les pistes. Certes, ils savaient que je marchais par goût du sport, mais ils trouvaient ce goût méprisable. Pourquoi venir crapahuter chez des sauvages quand il y a tant de si belles provinces, tant de paysages exceptionnels dans l'Empire du Milieu ?

A Shekar, personne ne s'intéressa à moi. Pas même les Chinois. J'allai tranquillement jusqu'en haut du fort d'où Milarepa puisait son inspiration. De vieux moines accroupis près d'un tas de tsa-tsa, des petites figurines de terre cuite, triaient les moins abîmées.

Soudain la fusillade éclata. Les coups de feu tirés en contrebas résonnaient en écho contre la muraille et déchiraient les tympans.

Les moines se réfugièrent aussitôt à l'intérieur du temple et soufflèrent dans leurs longues trompes d'où sortaient des plaintes rauques.

Je pensai à une révolte, à une mutinerie. Non, ce n'était qu'un massacre de grands chiens jaunes, des sortes de malinois qu'un groupe de militaires exterminait systématiquement.

Des chiens, il y en avait une meute. Ils arrivaient on ne sait d'où. Des provinces lointaines peut-être ? Efflanqués, hauts sur pattes, langue pendante, ils faisaient peine à voir.

D'ordinaire, les chiens jaunes évitaient les villages. Ils traînaient dans les champs ou sur les crêtes. Les paysans, les bergers les respectaient. Chacun donnait quelque chose : un morceau de galette, un os, des caresses.

Une légende courait sur ces chiens auxquels on prêtait l'âme des guerriers kampas. Ceux-ci tinrent tête à l'armée chinoise lors de l'offensive de 1959. Ils se battirent comme des lions, au tromblon et au poignard, à la faux et à la fourche. Quelquefois avec une mitrailleuse ou un canon pris à l'ennemi.

Ecrasés sous le nombre, il n'y eut pas de survivants. On crut leur âme perdue à jamais, incapable de dégotter une peau dans laquelle se réincarner jusqu'au jour où un vieux berger reçut les confidences d'un de ces grands chiens jaunes. L'animal, auquel il ne manquait même pas la parole, confirma en effet. Son âme baladeuse s'était finalement glissée dans le corps du meilleur ami de l'homme.

Ainsi réincarnés, camouflés de la meilleure des façons, les Kampas continuaient le combat. Ils harcelaient de leurs aboiements les forces d'occupation, notaient le déplacement des convois, sabotaient les installations routières, déplaçaient les écriteaux. Mieux encore, leur chef, celui qui conduisait la meute, faisait office d'agent de liaison. Il passait les montagnes, les frontières, et avertissait le dalaï-lama des derniers méfaits des Chinois.

La fusillade cessa, faute de cible. Quand les Chinois eurent abattu les derniers chiens claudiquants, qui cherchaient à s'enfuir, ils traînèrent les corps sanguinolents jusqu'au caravansérail. Là, dans les cuisines, une brigade de marmitons, pour la plupart de jeunes recrues, dépouillèrent les Kampas de leur peau et les désossèrent. Ils en firent des rôtis, des gigots, des brochettes, toutes sortes de tripouilleries.

Dans la soirée, il arriva un car en provenance de Katmandou. Ils étaient une trentaine à bord. Rien que des Français célèbres. Des journalistes, des photographes. Des personnalités de la politique, des notables. Ce soir-là, au réfectoire, on leur a servi du guerrier kampa dans leur assiette.

C'était en 1985. Il y a treize ans de cela. Les voici

renseignés sur ce dîner de Shekar. Qu'ils me pardonnent.

Je ne suis pas retourné au Tibet depuis cette date. En revanche, je me suis rendu cinq fois en pays sherpa là où l'on vit encore librement, non loin des frères de race et de culture qui ressentent lourdement l'oppression d'un occupant braqué sur ses positions. Et les positions des occupants sont les suivantes : « Laissez-nous les affaires extérieures du pays. Nous vous défendrons et nous vous protégerons d'éventuelles agressions étrangères. Prenez l'intérieur, gérez donc votre autonomie de la meilleure des façons possibles. Préservez votre culture, votre identité et ne vous occupez pas du reste ! »

Depuis Chou En-Laï et Mao Tsé-toung, le discours chinois n'a pas évolué.

Durant trente-deux ans, longue période de massacres, de répression et de déplacement des populations (aujourd'hui au Tibet, les Chinois sont presque aussi nombreux que les Tibétains), le gouvernement en exil a repoussé l'offre chinoise. Pas question d'une autonomie à bon marché et d'une souveraineté parrainée par Pékin.

Récemment, le dalaï-lama fit cependant un geste spectaculaire. Il avisa les autorités chinoises qu'une discussion pouvait possiblement s'engager sur les bases de 1959. Non seulement les Chinois n'ont pas répondu favorablement à cette ouverture mais ils ont bloqué le processus de négociation en calomniant la

personne même du chef spirituel de la nation tibé-
taine.

J'ai évoqué les rapports sino-tibétains dans mon dernier roman *La Mémoire des dieux*. Hima, comme Himalaya, un garçon népalais de douze ans, rêve de se
rendre à Dharamsala pour y rencontrer sa sainteté
Tenzin Gyatso (le dalaï-lama). Hima a des idées et des
convictions très arrêtées. Il sait comment débloquer la
situation. Il veut se faire entendre du dalaï-lama et rien
dès lors ne l'arrêtera, dût-il effectuer le voyage à pied
de Namche-Bazar à Dharamsala.

Afin de rester au plus près de la réalité dans le cha-
pitre concerné, j'ai décidé, à mon tour, de suivre mon
héros jusqu'au siège du gouvernement tibétain en exil.
J'espérais obtenir rapidement un rendez-vous avec Sa
Sainteté mais le bureau du Tibet à Paris ne m'a pas
facilité les choses. Mon interlocuteur me demanda de
lui transmettre les questions que je désirais poser au
dalaï-lama.

Le 5 août 1997, j'envoyai le courrier suivant :

« Madame,

« Je serai à Dharamsala au début du mois d'octobre
prochain. Je souhaiterais m'entretenir quelques instants (environ une demi-heure) avec Sa Sainteté le
Dalaï-Lama.

« L'objet de la conversation portera sur l'avenir du
Tibet occupé. Mais nous évoquerons surtout l'avenir
du Tibet dans une possible indépendance ou semi-
indépendance négociée. Dans ce dernier cas de figure,
le Dalaï-Lama et le peuple tibétain en exil regagne-
raient-ils le pays ?

« Ces réponses, si elles me sont données, figureront intégralement dans mon prochain roman : *La Mémoire des dieux.* »

Venaient ensuite les formules de politesse en usage.

Trois semaines plus tard, sans nouvelles de mon dossier, je rappelai le bureau de Paris. On me rassura. Oui, on avait bien transmis ma requête en Inde. On attendait une réponse.

Hélas, il n'y eut jamais de réponse. Quelques jours avant de m'envoler pour New Delhi, je rappelai encore une fois. On me conseilla d'essayer directement de Dharamsala. Comme je demandais s'il était possible d'envoyer un fax, il y eut un petit rire au bout du fil : « Un fax, mais vous n'y pensez pas ! Dharamsala est un petit village perdu dans la montagne ! »

Curieuse réponse. Dharamsala n'est pas un village perdu. Dharamsala, au contraire, est un village ouvert sur le monde et équipé des dernières technologies en matière de communication. Dharamsala a ses sites sur Internet, des fax et des ordinateurs dans les bureaux et les temples. Et comme je m'en étonnais en présence d'un ministre qui avait eu la bonté de me recevoir, celui-ci m'expliqua : « Nous sommes branchés sur Internet depuis sept ans. Voyez-vous, Internet, c'est notre meilleure arme contre les Chinois. Eux, ils ont des canons et des avions. Nous, on a le contact avec toutes les forces de la paix qui se manifestent à travers le monde. » Quelques jours plus tard, n'ayant pu rencontrer le dalaï-lama, sa sœur, Jetsun Pena, m'accorda une audience dans son centre d'accueil pour enfants tibétains réfugiés.

L'entretien fut chaleureux tant qu'il porta sur des généralités. On parla de son livre paru aux éditions Ramsay dont je lui apportais d'ailleurs une traduction en anglais.

J'expliquai pourquoi j'étais venu à Dharamsala sur les pas de mon héros, Hima, le petit Népalais. Nous voulions savoir, lui et moi, si la sagesse et la diplomatie dont s'entoure le gouvernement tibétain en exil sont la seule voie qui mène à l'indépendance. Savoir s'il n'est pas nécessaire parfois de secouer un peu ses habitudes, d'adopter d'autres méthodes que celle de la sérénité quand les choses paraissent définitivement compromises.

Est-ce qu'il ne serait pas habile de frapper un grand coup pour obliger les Chinois à reconsidérer leur position ? Peut-on imaginer, par exemple, que le dalaï-lama décide de rentrer au Tibet suivi de son peuple en exil, une marche pour la paix et la liberté qui rassemblerait des centaines de milliers de personnes en route vers la frontière ?

Une telle opération de charme, une semblable démonstration de foi et de force appuyée et soutenue par les médias du monde entier seraient susceptibles, à notre humble avis, de faire repartir les choses sous un jour nouveau. Ne faudrait-il pas bousculer la diplomatie traditionnelle qui ne mène à rien depuis trente-quatre ans ? En un mot, ne faut-il pas dépoussiérer les relations sino-tibétaines, enlisées dans la bureaucratie, par un peu de folie et de fantaisie ?

Le bon regard de Jetsun Pena vacilla quelque peu. Elle eut un air de compassion, et me raccompagna très gentiment jusqu'à la porte.

Dehors, c'était la récré. Des enfants tibétains jouaient au chat et à la souris. D'autres, aux gendarmes et aux voleurs. D'autres encore, aux Chinois et aux Tibétains.

Le même soir, pour me racheter de mon impertinence, je m'enfermai dans ma guesthouse et écrivis une chanson en hommage à Dharamsala. Bien sûr, je jouai sur les mots entre Dharam*sala*, Dharaml*hassa* et Dharaml*ama*.

Dharam, Dharam
Dharamsala
C'est le village des Tibétains
Sous les nuages du ciel indien.
Dharam, Dharam
Dharamsala...
Un monde qui ressemble à Lhassa
Le songe inspiré d'un lama.

Dharam, Dharam,
Dharamsala...
Une nostalgie d'Himalaya
Une rêverie de diaspora.

Dharam, Dharam,
Dharamsala...
Le sanctuaire des gens de là-bas
La lumière leur vient de Bouddha.

Dharam, Dharam
Dharamsala...
Une autre idée du Potala
L'image voilée de l'au-delà.

Dharam, Dharam
Dharamsala
Ou bien encore
Dharam, Dharam
Dharamlhassa, Dharamlama
Dharam, Dharam
Dharamsala
Ou bien encore
Dharam, Dharam
Dharamlhassa, Dharamlama.

Dharam, Dharam
Dharamsala...
Une litanie de mots qui sonnent
Comme les Om Mani Padné Om.

Dharam, Dharam
Dharamsala
C'est un joyau dans le lotus
Une perle d'eau, un miel de ruche.

Dharam, Dharam
Dharamsala...
La mémoire du lointain Parkor
Une histoire gravée dans les corps.

Dharam, Dharam
Dharamsala...
Prosternation devant les temples
L'occupation bat dans les tempes.

Dharam, Dharam
Dharamsala...

211

Sous l'oppression tu fais le mort
La compassion est ton trésor.

Dharam, Dharam
Dharamsala
Ou bien encore
Dharam, Dharam
Dharamlhassa, Dharamlama
Dharam, Dharam
Dharamsala
Ou bien encore
Dharam, Dharam
Dharamlhassa, Dharamlama.

Et comme le résultat me paraissait beaucoup trop sérieux, pas assez rieur, j'enchaînai avec « Si l'homme descend du singe ». Il ne faut pas y voir la moindre allusion ni la moindre désillusion. Ça n'est qu'une histoire de singe et rien d'autre. A Dharamsala, comme ailleurs en Inde et au Népal, les singes affectionnent les temples et attendent le touriste sur les marches des escaliers.

Mes parents les humanoïdes
N'étaient pas en celluloïd.
Mes parents les hominidés
N'étaient pas en papier mâché.

On exhume quelquefois une omoplate
Un fémur ou alors une grande dent plate
Dont on fait tout un plat
Dont on fait tout un monde...

Descendons-nous de grand-mère Lucie ?
De l'orang-outan ou du yéti ?
Descendons-nous des australopithèques ?
Des gorilles ou du moropithèque ?
Dont on fait tout un plat
Dont on fait tout un monde...

Mais pourquoi se creuser les méninges
Car si l'homme descend du singe
Il descend aussi des escaliers.
Mais pourquoi se creuser les méninges
Car si l'homme descend du singe
Il remonte aussi dans mon estime.

Mes parents les humanoïdes
N'étaient pas en celluloïd.
Mes parents les hominidés
N'étaient pas en papier mâché.

On exhume quelquefois une omoplate
Un fémur ou alors une grande dent plate
Dont on fait tout un plat
Dont on fait tout un monde...

Descendons-nous bien des chimpanzés ?
Des hylobates ou des pongidés ?
Descendons-nous du morotopithèque ?
Ou de quelque australopithèque ?
Dont on fait tout un plat
Dont on fait tout un monde...

Mais pourquoi se creuser les méninges
Car si l'homme descend du singe

213

Il descend par l'ascenseur.
Mais pourquoi se creuser les méninges
Car si l'homme descend du singe
Il remonte dans mes sondages...

Cette chanson est venue comme cela, vers quatre heures du matin entre sommeil et insatisfaction. Elle est écrite à l'automatisme, à la surréaliste.

Le plus étrange survint à mon réveil. Il y avait un petit macaque derrière la fenêtre. Il me sembla entendre qu'il frappait au carreau.

Comme je voulus lui ouvrir, il s'éclipsa.

24

Bali : un bain de mousson

Dans les années soixante je ne suis resté que quelques jours à Bali. Je m'étais juré d'y retourner plus longuement accompagné de la femme de ma vie. J'aime ainsi me garder pour plus tard des plages secrètes, des lieux romantiques, des pays rares où l'on peut aller célébrer des anniversaires amoureux. Bali est de ceux-là.

J'avais fui Kutta et Sanur, trop bruyants, trop occidentalisés. Les Blancs en short, les Blanches en mini-jupe laissent derrière eux une traînée d'indécence.

J'étais parti loin de la foule des vacanciers et des endroits à la mode. Loin des palaces et des magasins chics, vers Rambutwi et Cekci. Dans la foulée, j'avais gravi les monts Mesehe, Sanguang et Kelatakan, m'enivrant d'altitude et de fumerolles. Au retour, je m'étais attaqué au Batur et à l'Agung, deux volcans qui sentent le soufre et asphyxient les grimpeurs pris de vertige dans la crête du cratère. Bien des imprudents se laissent surprendre par les gaz nocifs et ne revoient plus jamais la plaine. On prétend que certains fumeurs de haschisch, ne se contentant plus du chanvre indien, montent respirer à grandes goulées ces fumerolles de soufre jusqu'à l'évanouissement. Moi, j'avais préféré me doper sous la grosse pluie chaude des moussons aphrodisiaques qui glissent sur les corps luisants. Il s'en dégage une vapeur éthérée au parfum de chair et de fleur, un léger nuage de buée qui flatte les narines et les ventres.

Je m'étais laissé séduire par le sourire éclatant des filles, par la grâce des silhouettes surgies des rivières embrumées, séduire par les gestes millénaires et le raffinement des sarongs noués autour des hanches.

J'aimais suivre les porteuses d'offrandes de l'autre côté de la rue ou du chemin de terre à travers la ville ou les rizières. Les suivre jusqu'au temple, jusqu'à l'endroit vénéré et les voir disposer ces merveilles au pied des idoles ou des démons. C'est que l'offrande, cette apparition éphémère destinée à embellir la vie immédiate comme à faire reculer les mauvaises intentions, est appelée à se décomposer, à flotter, à se faner, à s'étioler, jusqu'à disparaître et partir en boue ou en poussière. Elle peut aller aussi aux chiens ou être broutée par un buffle, écrasée et piétinée, finir sous une chaussure ou sous une roue.

L'offrande n'est qu'un instant d'art, à moins qu'elle ne soit l'art d'un instant, un fragment de pureté égarée, vouée à la brièveté d'un vol de libellule.

De retour à Bali trente-cinq ans après mon premier voyage, je constatai avec bonheur que rien n'avait vraiment changé, si ce n'est l'apparence. Bien sûr, Bali s'est engagée sur la voie du tourisme de masse avec ses grands hôtels et ses plages organisées, avec ses milliers de voitures et de motos, avec ses immeubles bétonnés, ses boutiques de verroterie, ses agences de tour-operators, ses enseignes en anglais. Certes, on est complètement dans la civilisation du climatiseur et du Coca-Cola, mais on est toujours dans celle des temples et des pèlerins, des dieux et des démons. Dans celle des princes et des gamelans, dans celle des rites ancestraux et des danses rituelles. Peu m'importait la mauvaise image puisque, derrière les façades des boutiques à fripes et à gogos, derrière les stands à tee-shirts et les restaurants clinquants, la vraie vie continue comme jadis.

Bali est faite de ce que l'on voit en débarquant et de ce que l'on découvre par la suite en flânant. La réalité factice n'est qu'une sorte de vilaine fièvre, qu'un tremblement de modernisme, qu'un goût du jour. La vraie réalité a encore le goût des siècles passés. Elle est inscrite dans les gènes, dans les gestes, dans les regards et les attitudes. La réalité est dans la douceur de vivre, dans l'exquise politesse des gens, dans leur disponibilité. Elle est dans l'ambiance doucereuse des temples, dans cette sage ferveur qui anime l'hindouisme balinais, dans son respect pour Vishnu, dans sa crainte de Shiva. La réalité, elle est dans ces modestes et subtiles offrandes qui jalonnent les parcours terrestres, le long des trottoirs et des sentiers, tout comme elle jalonne les chemins du spirituel. Partout, elles signalent la présence des dieux, comme celle des êtres immatériels. Elles conjurent les spectres et les revenants. Elles les amadouent, les neutralisent.

La réalité balinaise, c'est encore ce flux et ce reflux

des choses cachées et sans cesse revisitées, cette alchimie du plus et du moins qui finit par donner une existence au moindre signe, au détail le plus infime. La réalité, elle est dans ces liens indissolubles et indissociables qui unissent les générations à travers les séismes de l'Histoire. La réalité, elle est générée et regénérée par la vénération des ancêtres et le culte des lois brahmanistes. La réalité, c'est à la fois la culture du peuple et son inculture, sa tolérance et son intolérance, cette vigueur avec laquelle il s'affirme et se définit d'une caste à l'autre. La plus basse, celle des sudras, tirant encore quelque vanité de se dire intouchables. Les plus hautes, celles des brahmanes et des satrias, tirant quelque orgueil de vouloir émanciper la première. La réalité, c'est que les pedandas, grands prêtres héritiers du clergé hindou, comme les chevaliers et les rajahs qui exerçaient autrefois l'autorité civile et militaire, sont encore partagés sur les moyens d'affranchir les villageois.

La réalité, c'est un immobilisme latent, une sorte de sommeil social que la torpeur ambiante, le climat torride n'incitent guère à secouer. La réalité, c'est aussi cette injustice, ce système mis en place par les puissants pour asservir les plus faibles. La réalité, c'est que chacun, malgré tout, s'en accommode. La réalité, c'est que je n'en étais pas choqué. Que je pensais même qu'il régnait dans l'île une certaine équité...

25

Indonésie : le câlin du coq

A Bali comme dans beaucoup d'autres îles indoné-
siennes, il n'est pas rare de voir des hommes câliner
leurs coqs comme nous câlinons nos chats et nos
enfants. Le coq est dans les bras, sur les genoux, mais
il est aussi dans la tête, dans la peau. Entre homme et
coq, il y a de l'amour, de la passion, une rage de vivre
et de vaincre. A son coq, le Balinais prodigue des
caresses infinies. Il récite des poèmes, il murmure des
mots doux. Il masse les pattes, la crête, les ergots. Il
console son coq d'une bataille perdue ou il l'encourage en vue d'un prochain combat.

Quand le coq n'est pas dans les bras et la maison
du maître, il est encagé dans une étroite nasse
d'osier et posé sur le pas de la porte. Dehors, il
regarde passer les gens et les gens le saluent. On dit
bonjour au coq comme on dit bonjour à son voisin.
Il existe une amitié, un respect entre coq et homme,
un sentiment viril, une attirance réciproque.
L'homme insuffle à l'animal sa force, son agressivité,
sa volonté de vaincre. Le coq est pétri de la science
de l'homme. C'est l'homme qui lui apprend à atta-

quer, à esquiver. L'homme qui lui lime les griffes et équipe ses pattes d'éperons d'acier. L'homme qui met ses espoirs dans cette boule de muscles et de plumes, l'homme qui engage sur lui sa mise et sa fierté. Le coq est à l'image de son maître. Un maître trop doux ou trop lâche mènera son coq à la mort dès les premiers assauts de l'adversaire. Bien excité, bien stimulé, tout plein de l'énergie du maître, le coq aura à cœur de gagner son combat. Il y mettra toute son ardeur, toute sa ruse, à croire qu'il possède lui aussi le sens de l'argent, le goût du pari.

Et que le coq vienne à succomber sous les coups de plus vigoureux ou plus malins que lui, gisant blessé et sanguinolent dans l'arène, alors on verra le maître souffrir des mêmes blessures et des mêmes vexations.

Pris à mon tour par la fièvre des combats, j'avais fait l'acquisition d'un coq sur le marché de Sanur. C'était un petit bouvik tailladé de partout, ce qui prouvait au moins qu'il s'était déjà battu. La bête était trapue, volontaire et montrait un plumage à la fois carmin et mordoré.

Le vendeur m'apprit une chose que j'ignorais, à savoir qu'en balinais coq se dit *sabung*, un mot plein de sous-entendus, puisque le même terme de sabung désigne le sexe de l'homme. Quelques jours plus tard, j'amenai mon bouvik dans le wantilan, une arène où s'affrontent des coqs à longueur de journée.

En principe les combats sont interdits, mais chacun fait semblant de ne pas être au courant.

Et voici que mon bouvik tire un mauvais numéro car il tombe sur un puissant djamboul, une race de coqs impériale réservée jadis aux rajahs de Badung.

Face au djamboul, mon bouvik ne pèse pas lourd. Il a beau virevolter et s'esquiver, il en prend plein les pattes et la tête. L'autre, équipé aux ergots d'une double paire de lames de rasoir, assassine littéralement le mien au second round.

C'est alors que les spectateurs, tous ces parieurs hilares, portent leur main à leur bas-ventre en me regardant comme si j'étais moi-même castré, mutilé dans mon orgueil et ma virilité. Et tous de s'écrier en même temps : « Sabung, sabung ! » en se tapant sur les cuisses à qui mieux mieux...

26

Denpasar : le trésor du palais

A Bali, j'aime me rendre non loin de Denpasar dans un lieu secret encore envahi par la jungle que peu de gens connaissent. C'est là, dans un palais aujourd'hui disparu dont il ne reste que quelques tumulus, que toute la suite du rajah de Badung s'est donné la mort en 1907 plutôt que de se rendre aux conquérants hollandais.

Pour moi, visiter et revisiter les lieux, c'est une sorte de rituel, une reconnaissance du cœur. Chaque fois que je suis à Bali, je ne manque pas de venir me recueillir ici.

Je croyais être seul quand j'aperçus un jeune homme qui m'observait. Au bout d'un moment, il s'approcha discrètement et m'interpella :

— Tu viens pour le trésor ?

Je marquai ma surprise :

— Comment sais-tu qu'il y a un trésor sous ces ruines ?

Il me répondit :

— Des Français m'en ont parlé. Il en vient beaucoup ces derniers temps. Et ils cherchent tous l'entrée du souterrain.

De plus en plus intéressé, je demandai :

— Et ils réussissent à entrer ?

Le jeune homme m'adressa un petit sourire satisfait :

— Bien sûr que non, car il n'y a pas de souterrain. Et encore moins de trésor !

— Tu en es sûr ?

— Tout à fait sûr. C'est un romancier qui a lancé cette histoire de trésor. Il a menti. Il a tout inventé ! Il y a des gens qui arrivent ici le livre à la main. Ils regardent, ils l'examinent. Et ils sont déçus, ils en veulent à l'écrivain.

Comme je ne pus m'empêcher de sourire, il ajouta :

— Mais toi, tu n'as pas le livre. Tu ne l'as pas lu ?

Sa question m'embarrassait. Ce qu'il m'apprenait me flattait. J'hésitais entre la modestie et l'orgueil. L'orgueil l'emporta. Je dis :

— Je n'ai pas eu besoin de lire le livre. C'est moi qui l'ai écrit !

Le jeune homme resta interloqué. Et puis tout à coup, il me tourna le dos et s'enfuit.

Je ne saurai jamais pourquoi : coup de chance ou malignité du hasard ? Peut-être l'avais-je mis sur la piste d'un véritable trésor ? Peut-être s'était-il emparé du Singha Brahma, le kriss sacré ?

Plus probablement, gagné par la peur, je crois qu'il découvrait soudain que le trésor était enfoui en lui-même...

27

Rajasthan : rêves d'Orient

L'Orient ne se raconte pas. Il se vit et il se chante.

Que de brouillons n'ai-je pas griffonnés à Bali, à Lombok, à Java, à Sumatra, sans réussir à rendre la moindre couleur ni à saisir l'odeur des moussons quand la pluie dégouline en trombes sur les corps enfiévrés et grelottants ?

Que n'ai-je couvert de feuillets sur les trottoirs de Calcutta et les comptoirs de Pondichéry, sur les pousse-pousse de Hong Kong dont le rouge pourpre laqué me montait aux joues lorsqu'il fallait y monter ?

Que n'ai-je aligné de lignes sur les rickshaws de Katmandou ou de Chiang-Raï, sur ces pédaleurs de l'infamie qui traînent les ventres mous d'hôtels en restaurants et attendent en pissant dans la rue un pauvre liquide dans lequel les vaches sacrées ne trouvent pas même le sel dont elles ont pourtant grand besoin ?

Que n'ai-je écrit sur les porteurs gurung ou newar, sur ces gosses aux joues et aux poumons creux, sans jamais trouver les mots justes parce que justement il n'y a pas de justice pour justifier l'esclavage quand celui-ci est érigé en système social reconnu par les Eglises et béni par les dieux ?

Que n'ai-je rêvé sur les beautés orientales, sur les gynécées, les sérails et les hymens, sur les sultans et leur harem ? Que n'ai-je envié les eunuques, ces colosses caressants, ces bijoutiers en feuille de rose qu'on laissait aux mains lascives du troupeau affolé ?

Là non plus, je n'ai jamais pu trouver les mots justes parce que, emporté par les émotions et débordé par le lyrisme jusqu'à me noyer, comme ici, dans les clichés.

Que n'ai-je essayé d'écrire sur les œillades de feu qui embrasent le voile des femmes, sur les yeux enturbannés des hommes et les regards assassins, sur cette meute hagarde des sans rien qui nous attend, massée, derrière des chicanes, à la sortie des aéroports ? Que n'ai-je voulu capter leur silence menaçant, percevoir les battements de leur pauvre cœur crevé ?

Que n'ai-je tenté de décrire la foule indienne dans ses délires d'extase, dans ses messes noires où la suavité de l'encens couvre la fade odeur du sang répandue sur les autels ?

Que n'ai-je essayé de me désorienter de l'Orient et de m'en désenvoûter en m'accommodant de la misère et en oubliant les damnés de la terre, juste assez pour me faire mal ? Pas assez pour l'exorciser ou le combattre.

Mais que serait l'Orient s'il prenait tout à coup modèle sur l'Occident, sinon une terre stérile, un continent bâtardisé ? Allez, osons le dire : que serait l'Orient sans son fanatisme et son fatalisme ? Que serait l'Orient sans ses fous de Dieu et ses crève-la-faim, sans sa poussière divine et ses vents de sable, sans ses parfums de sueur et de jasmin ?

Que serait l'Orient et ses artifices sans ses bonimenteurs et ses légendes ? Que serait l'Orient sans ses fakirs et ses gourous ? Sans Vishnu et sans Bouddha, sans Mahomet et sans Allah ? Sans ses couleurs et ses chaleurs ? Que serait l'Orient, dites-moi, s'il sortait soudain du Moyen Age, s'il se défaisait de ce médiéval qui nous attire tant ? Que serait l'Orient si nous n'avions plus sous le regard cette sorte de musée vivant des temps passés, quand les hommes brassaient la vie et la mort, tout en bâtissant des chefs-d'œuvre qui appartiennent aujourd'hui au patrimoine de l'humanité ?

Puisqu'on ne peut écrire sur l'Orient parce que l'Orient est énorme et qu'il nous dépasse, parce qu'il déborde de vitalité et d'excès, alors permettez-moi de vous chanter « Rêves d'Orient » aussi bien que le fit Pascal Obispo pour lequel nous avons, ma femme Florence et moi-même, gentiment ramené l'Orient au niveau d'une douce balade. C'est mon invitation au voyage...

Rêves d'Orient, insomnies d'Occident
Toutes les nuits de Proche en Extrême
Toutes les nuits, je pars de moi-même
Rêves d'Orient, l'oubli du présent.

De splendeurs en misère
De torpeur en chimères
De clameurs en prières
De moiteur en poussière
De langueur en mystères.

Rêves d'Orient, insomnies d'Occident

Parfums et puanteur
Jasmin, perles de sueur
Jardins, ivres de fleurs
Muezzin, en ut mineur
Mendiants dont on a peur.

Rêves d'Orient, l'oubli du présent

Des soieries, des parias
Des coolies, des rajahs
Le sanscrit, samsara
Patchouli, nirvana
Tueries en médina.

Rêves d'Orient, insomnies d'Occident
Toutes les nuits de Proche en Extrême
Toutes les nuits, je pars de moi-même
Rêves d'Orient, l'oubli du présent.

De rumeurs en bazars
De guetteurs en remparts
De voleurs de hasard
D'ailleurs ou d'un lupanar
Me viennent les pleurs d'un sitar.

Rêves d'Orient, l'oubli du présent

Mendiants et brahmanes
Croyants et profanes
Brigands et sultanes

Divans des courtisanes
Bruissements des caravanes.

Rêves d'Orient, insomnies d'Occident

Des harems, des offrandes
Des hymens, des légendes
Des palais à la turque
Palmeraies et eunuques
Des couperets sur la nuque.

Rêves d'Orient, insomnies d'Occident
Toutes les nuits de Proche en Extrême
Toutes les nuits, je pars de moi-même
Rêves d'Orient, l'oubli du présent...

28

Fin du voyage

Je vous parle d'un bungalow à 35 francs la journée. Devant moi, la plage. Un ruban de cocotiers s'y déroule comme un nœud sans fin et entraîne mon regard dans le soleil couchant. Il est rouge. Il boit la tasse. Dans un instant, avalé par l'horizon, il aura disparu.

Je darde mon regard sur la boule de feu qui se noie.

J'espère un signe, un bon présage.

Eh bien non, le rayon vert n'est pas pour cette fois !

Tout est calme. La nuit tombe peu à peu sans faire de bruit.

Devant moi, la mer défait son ruban et se retire lentement.

Un singe crie.

D'une jonque amarrée, un marin lui répond.

Le singe écoute et ne donne pas suite.

Derrière moi, des feuillets éparpillés. Des souvenirs de voyage, des refrains d'aventure, des équipées picaresques, des fugues, des bourlingueries, des errances, des marches à la bonne étoile.

On me demande souvent quel est mon pays préféré. Je n'ai jamais su répondre que par un regard gêné.

Je n'aime pas cette question parce qu'elle est insidieuse et porteuse de trahison. Me la poser, c'est déjà me soupçonner d'infidélité.

En réalité, je n'ai pas de pays préféré. Pas d'autre pays que le mien. Pas d'autre pays où j'aimerais vivre. Pas d'autre pays d'où j'éprouverais autant de plaisir à partir et autant de bonheur à revenir.

Je suis français jusqu'au bout de mes pas quand bien même ceux-ci me conduisent loin, très loin de chez moi.

Revenir au pays, c'est sans doute la plus belle des chansons. Je ne l'ai pas encore écrite...

Table

Cet ouvrage a été composé par
Nord Compo - 59650 Villeneuve-d'Ascq
et imprimé sur presse Cameron
*par **Bussière Camedan Imprimeries***
à Saint-Amand-Montrond (Cher)

Achevé d'imprimer en septembre 1998

N° d'édition : 12993. — N° d'impression : 984609/1
Dépôt légal : octobre 1998
Imprimé en France